Pia Guttenson

The Pub
3 Frauen, Kleinkind,
Koi und Mops
…2 dram whisky Lizzy!

Das Werk einschließlich aller Abbildungen ist urheberrechtlich geschützt. Jede Verwertung außerhalb der Grenzen des Urheberrechtschutzgesetzes ist ohne Zustimmung der Autorin unzulässig und strafbar.

Handlung und Namen dieser Geschichte sind frei erfunden. Namensgleichheiten und andere Ähnlichkeiten mit lebenden oder verstorbenen Personen sind zufällig und stellen keine Diffamierung oder Beschuldigung dar.

Copyright © 2016 Pia Guttenson

Cover Design: Basil Wolfrhine

Korrektorat: Fritz Rauer

Alle Rechte vorbehalten.

ISBN 9783741263392

Herstellung und Verlag: BoD – Books on Demand, Norderstedt

Pia Guttenson
Silvanerweg 17
74376 Gemmrigheim

Stark sein bedeutet nicht, nie zu fallen.
Stark sein bedeutet, immer wieder aufzustehen.

Für
meine wundervollen Leser,
ohne die ich schon lange nicht mehr meinen Traum vom
Schreiben leben könnte!
Dankeschön

Tiefe Wunden

»Die Staatsanwaltschaft, im Namen des Volkes, gegen Hanno Ricardo Cortez-Schmidt. Herr Cortez-Schmidt wird schwere Körperverletzung vorgeworfen. Die Staatsanwaltschaft ruft Elizabeth Camille Conner in den Zeugenstand!«

Liz war bewusst, dass sie alle Blicke des überfüllten Schwurgerichts auf sich zog. Vor allem den seinen. Es war nicht einfach, sich gegenüber zu sitzen, nur durch wenige Meter getrennt, ohne sich anzusehen. Beständig konnte sie seine Augen auf sich fühlen, während sie, mit angehaltenem Atem, wie hypnotisiert hinter der trügerischen Sicherheit eines aufgestellten Ordners verharrte.

Sie konnte spüren, wie er sie beobachtete, jeden ihrer wenigen Schritte zum nahen Zeugenstand verfolgte. Ihr Rücken kribbelte unangenehm. Immer wieder musste sie sich in den Kopf rufen, weshalb sie hier war, warum sie ihn angezeigt hatte. Weil er korrupt war. Korrupt und gewalttätig. Keiner Frau sollte das widerfahren, was ihr passiert war. Sie wollte einfach nur Gerechtigkeit. Spürte er Genugtuung darin, sie humpeln zu sehen? Labte er sich an ihren Schmerzen, ihrem Leid? Liz hatte Angst. Unbändige Angst, und Zweifel, ob es klug war, was sie hier tat.

Irgendwo zwischen den Gaffern saßen Mrs. T und Gung Cuan Chau, ihr Boss. Für einen kurzen Moment spürte sie Erleichterung, als sie den Stuhl erreicht hatte, sich setzen konnte. Doch der Moment verflog, mit der Mimik ihres Ex-Lovers, dem sie diese Verhandlung zu verdanken hatte. Wenn es den Teufel in Menschengestalt gab, dann saß er dort auf der Anklagebank, verhöhnte und verspottete sie allein mit seinem Antlitz, ohne auch nur ein einziges Wort gesprochen zu haben.

»Frau Conner, bitte nennen Sie dem Gericht Ihren vollständigen Namen.«

Liz räusperte sich. Ihr Hals war so trocken, dass sie fürchtete, kein Wort hervorzubringen.

»Mein Name ist Elizabeth Camille Conner«, sagte sie leise in das Mikrofon, welches vor ihr angebracht war. Sie verabscheute sich für die unsichere Kleinmädchenstimme, die sie zu Wege brachte. Wo war nur ihr Selbstbewusstsein geblieben?

»Frau Conner, Sie wissen, dass Sie die Wahrheit sagen müssen. Sie wurden bereits vereidigt. Ist das richtig?«

Der Richter sah sie durchdringend an. Liz mochte ihn nicht. Er hatte eine Aura wie einer der vielen Freier, die einen auf Gutmensch machten, um sich dann eine der Huren mit aufs Zimmer zu nehmen, die fast noch Kinder waren. Außerdem erinnerte er sie an einen toten Fisch.

»Ja. Euer Ehren!«, krächzte sie.

»Frau Conner, möchten Sie, dass die Gerichtsschreiberin Ihnen ein Glas Wasser reicht?«

»Danke. Das wäre sehr nett.«

Die nette blonde Dame reichte ihr mit einem aufmunternden Augenzwinkern besagtes Wasser, welches sie erleichtert entgegen nahm.

»Frau Conner, Sie erkennen den Angeklagten zweifelsfrei? Sie wissen, dass Meineid strafbar ist, Frau Conner?«

Hielt der Richter sie für dumm? Liz nickte fest, erst dann wurde ihr klar, dass eine Antwort von ihr erwartet wurde.

»Ja, Euer Ehren. Das ist mir durchaus bewusst.«

»Gut. Dann erzählen Sie dem Gericht bitte, aus Ihrer Sicht, was sich am 15. Januar 2015 ereignet hat«, sagte der Richter.

Ihr Herz begann zu rasen, die Hände wurden schweißnass. Stockend, unterbrochen von einigen Wasserpausen, berichtete sie von dem unheilvollen Tag, der ihren Traum zerstörte.

Den Weg zurück zu ihrer Anwältin ging sie wie in Trance. Diese lächelte Liz aufmunternd zu, als sie sich wieder auf ihren Platz setzte.

Liz' Ohren summten. Sie konnte spüren, wie ihr Puls zu galoppieren begann wie ein wildes Pferd, jedes Detail der verhängnisvollen Nacht erwachte zum Leben, brach mit aller Gewalt erneut über sie herein.

Vier Monate zuvor:
»Liz, du glaubst nicht wirklich, dass Sonnenbille kann velstecken dein blaues Auge?«

Gung blickte ihr mitfühlend entgegen. Ihr chinesischer Chef gab ihr die Schürze, die, ebenso wie das Kleid im fünfziger Jahre-Stil und der Petticoat, zur Arbeitskleidung des American Diners an der Hamburger Hafenfront gehörten.

»Ich brauche das Geld, Gung. Bitte!«, flehte sie ihn an.

»du hast besseles veldient, Mädchen!«, schimpfte ihr Boss und zog, Unverständliches in seiner Muttersprache brummend, von dannen.

Besseres. Die schmerzhafte Erinnerung an eine Familie, die ihr genommen worden war, und einen Mann, den sie von heute auf morgen verlassen hatte. Es gab nichts Besseres als Hamburg für sie. Auch, wenn Schottland sie jede Nacht im Schlaf nach Hause holte.

Natürlich gelang es ihr nicht, Mrs. T aus dem Weg zu gehen. Was auch daran liegen mochte, dass der Diner einfach zu klein war, um sich hier aus dem Weg zu gehen. Die große, über und über tätowierte Frau, deren Bizeps fast die Ärmel ihres Kleides sprengte, welches dem ihren ähnelte, sah von oben auf sie herab.

»Was, zur Hölle, ist dir denn passiert, Lizzy?«

Bevor sie es verhindern konnte, schob Mrs. T ihr die Sonnenbrille auf die Nasenspitze hinab.

»Hanno ist mir passiert. Und Stopp, bevor du mir Vorwürfe machst. Es ist aus. Ich habe ihn abserviert.«, konterte sie, verzweifelt bemüht, ihre Gesichtszüge unter Kontrolle zu halten.

»Das hättest du bereits früher tun sollen!«, schimpfte Mrs. T, lenkte dann aber mit einem, »Du hast das Richtige getan, Lizzy. Andere Mütter haben auch schöne Söhne!«, versöhnlich ein.

»Vielleicht kannst du mir bei Gelegenheit deren Telefonnummern und Anschriften besorgen«, zog sie ihre Freundin auf.

»Was machst du nur, wenn ich nicht auf dich aufpasse, Mädchen?«, erwiderte ihre deutsche Freundin, strich ihr dabei mitfühlend über die zum Pferdeschwanz gebundenen Haare.

Der Tag verlief ruhig. Gäste kamen, Gäste gingen. Stammkunden, ebenso wie Touristen aus aller Welt, liebten Gung Chaus berühmte Pancakes. Das American Diner war immer von einer bunt gemischten Kundschaft besucht. Da waren einige Prostituierte, Bauarbeiter von der großen Baustelle um die Ecke, ebenso wie Geschäftsmänner, und am Tisch um die Ecke saß der alte Mann, welcher dort jeden Morgen saß, seit sie hier arbeitete.

Alles war wie immer, eigentlich. Bis zu dem Augenblick am frühen Nachmittag, an dem Hanno mit seinem Kollegen aufkreuzte. Da Mrs. T gerade in der Küche zugange war, blieb Liz nichts anderes übrig, als den Mann zu bedienen, der ihr noch am gestrigen Abend ein Veilchen verpasst hatte.

»Hey Eliza, Baby. Wie wäre es mit einer ordentlichen Bedienung?«, flötete Hanno zweideutig, die Augen verzückt auf den Ausschnitt ihres Kleids gerichtet.

»Was darf ich bringen?«, brummte sie kalt, wich seinem anzüglichen Blick aus.

»Baby. Oh Baby, was bist du denn so spröde?«

Bevor sie sich versah, hatte er sie bereits auf seinen Schoß gezogen.

»Na David, wie gefällt dir mein Baby? Sie tanzt im Tits auf der Reeperbahn, nur mit einem Hauch von Nichts«, erklärte Hanno, tätschelte ihr dabei anrüchig den Po.

Wütend machte sie sich von ihm los.

»Ich bin eine Burlesque-Tänzerin. Nur weil es mein Job ist, Kleider abzulegen, bin ich keine Hure!«, fauchte sie ihn an.

Sie musste innerlich auf zehn zählen, um ihm keine saftige Ohrfeige zu verpassen. Dummerweise würde Gung es nämlich nicht gutheißen, wenn sie die zahlende Kundschaft vergraulte. Sie war auf diesen Job angewiesen, denn weder die Miete, noch die Musical-Ausbildung, zahlten sich von alleine.

Erschwerend kam hinzu, dass Hanno kein popeliger Streifenpolizist, sondern ein Kommissar war. Aber sie würde sich nicht von ihm klein machen lassen. Verdammt. Sie war eine Conner! Sein Polizeiausweis gab ihm schließlich keinen Freibrief!

Liz kehrte mit Kaffeetassen zum Tisch zurück, wo sie seinen grabschenden Händen geschickt auswich. Sogar seine schlechten Kommentare prallten an ihr ab, ohne sie zu beeindrucken. Im Anschluss holte sie die Kaffeekanne, um einzuschenken.

Das war der Zeitpunkt, ab dem Hanno handgreiflich, und mehr als unverschämt, wurde. Der Moment, in dem alles aus dem Ruder lief. Ohne zu zögern, schob er seine Hand unter den Rock, versuchte, ihr zwischen die Beine zu fassen.

»Nimm sofort deine Hand da weg!«, fauchte sie warnend.

Er tat nichts dergleichen, lachte sie stattdessen höhnisch aus.

»Du gehörst mir, Eliza Baby, deine Möse gehört mir. Also stell dich verdammt noch mal nicht so an. Sei ein bisschen nett zu deinem Freund und Helfer«, erwiderte Hanno ordinär, sein Gesicht trug dabei ein triumphierendes Grinsen.

»Das ist meine letzte Warnung, Cortez-Schmidt!«, stieß sie aus, presste dabei die Beine so fest zusammen, wie sie konnte.

»Sonst was? Was willst du kleine, frigide Kuh tun? Ich bin hier das Gesetz, Baby«

Im selben Augenblick, in dem Hanno versuchte, mit Gewalt seine Finger in ihren Slip zu stecken, leerte sie ihm den kompletten Inhalt der Kaffeekanne in den Schritt. Er hatte Glück im Unglück. Der Kaffee war zwar heiß, aber, da Gung Angst vor Kunden hatte, die sich die Zungen verbrannten und ihn verklagten, war er längst nicht mehr kochend. Schmerzvoll war es dennoch.

Im passenden Augenblick, bevor die Lage noch weiter eskalieren konnte, tauchte Mrs. T aus der Küche auf. Sofort erfasste ihre Freundin den Ernst der Lage, und scheuchte sie davon.

»Das wird dir noch mächtig leid tun, du dumme Fotze! Ich mach dich fertig, Elizabeth!«

Seine wüsten Verwünschungen, ebenso wie Mrs. T's beruhigende Worte, verfolgten Liz, bis sie schluchzend an der Tür der Damentoilette zu Boden rutschte.

»Die Verteidigung ruft Elizabeth Camille Conner in den Zeugenstand, Euer Ehren.«

Die Stimme der Verteidigung holte sie unvermittelt aus den bitteren Erinnerungen zurück, welche sie erst in diesen Gerichtssaal gebracht hatten.

»Frau Conner, bitte nehmen Sie erneut auf dem Zeugenstuhl Platz!«

Der Gang nach vorne kam ihr vor wie der Weg zum Schafott. Wie viele Unschuldige hatten wohl so einen Weg gehen müssen? Warum glaubte ihr Bauchgefühl plötzlich nicht mehr an eine Rechtsprechung zu ihren Gunsten?

»Du bist ein Nichts. Eine Fünfundzwanzigjährige, die Eltern tot, keine Geschwister oder Verwandte in Deutschland. du hast kein Geld, nur den Traum einer Musical-Karriere. Ohne mich überlebst du in Hamburg nicht!«, hatte ihr Ex-Lover oft genug gepredigt.

Hätte sie noch Tränen übrig gehabt, wären diese jetzt in Strömen vergossen worden. Doch Liz hatte keine Tränen mehr. Zu viel und zu oft hatte sie in den letzten Monaten vor Schmerzen und Kummer geweint, gar ihr Schicksal verflucht. Ein Schicksal, das sie beide Eltern, die Heimat Schottland, ihre große Liebe, und zu guter Letzt ihre Tanzkarriere gekostet hatte. Inzwischen war nichts als gähnende Leere in ihrem Inneren übrig.

»Sie geben also zu, dass Sie den Angeklagten tätlich angegriffen haben? Sie stehen immer noch unter Eid, Frau Conner«, erinnerte sie der schmierig aussehende Verteidiger, der auf sie wie ein Mafioso wirkte, mit den vor Pomade glänzenden Haaren. *Ist so etwas überhaupt noch in Mode?*

»Ich habe in Notwehr gehandelt. Er hatte die Hand unter meinem ...«, verteidigte sie sich, wurde jedoch sofort unterbrochen.

»Beantworten Sie die Frage, Frau Conner!«, erwiderte der Verteidiger knallhart.

»Falls mit tätlichem Angriff der Kaffee gemeint ist, den ich über ihn geleert habe, dann muss ich diese Frage mit Ja beantworten«, antwortete sie kleinlaut, wobei sie das Gefühl hatte, jede Sekunde an ihren eigenen Worten jämmerlich zu ersticken.

»Frau Conner, was arbeiten Sie?«

Das Lächeln des Verteidigers war ebenso falsch, wie die perfekten weißen Zähne.

»Ich arbeite als Bedienung im American Diner von Herrn Gung Cuan Chau«, antwortete sie fest.

»Es entspricht also nicht der Wahrheit, dass Sie in einem Etablissement, welches den Namen Tits Bar trägt, direkt auf der Reeperbahn, arbeiten?«

Liz konnte kaum glauben, was sie hörte. Hannos Grinsen war wie ein vergifteter Pfeil, der sich in den kläglichen Rest ihres Herzens grub. Tonlos formten seine Lippen einen Satz, den nur sie verstand: *Hab dich, Baby! Du gehörst mir und ich mache dich fertig!*

»Einspruch, Euer Ehren. Ich kann nicht sehen, wohin diese Frage führen sollte!«, warf ihre Anwältin ein.

»Abgewiesen. Ich hoffe, Sie wissen, was Sie da tun, Herr Verteidiger! Antworten Sie, Frau Conner.«

»Ja. Dort arbeite ich abends als Burlesque-Tänzerin, um mir meine Musical-Ausbildung zu verdienen«, entgegnete sie, die Wangen heiß vor Scham und Zorn.

»Euer Ehren, die Klägerin arbeitet in einem ziemlich zweifelhaften Etablissement. Frau Conner, lassen Sie mich ganz direkt fragen. Sind Sie eine Prostituierte?«

»Einspruch. Meine Mandantin ist hier nicht die Angeklagte!«, empörte sich ihre Anwältin.

»Sie ist eine Tänzerin und keine Hure. Sie ist hier das Opfer!«, schrie eine sichtlich erregte Mrs. T quer durch den Saal.

»Ruhe im Gerichtssaal! Wir sind hier nicht in Amerika. Wenn Sie nicht ruhig sind, lasse ich Sie aus meinem Gericht entfernen!«, dröhnte die lautstarke Stimme des Richters durch den Saal. »Einspruch stattgegeben!«

Wie ein geprügelter Hund verließ sie den Stuhl. Wo war das Recht, wenn man es brauchte? Ihre Mutter und ihr Vater hatten ihr beigebracht, dass man nichts auf dieser Welt für umsonst bekam. Beide hatten an das Gesetz geglaubt, und an Gerechtigkeit.

Stuart war es, der ihr gezeigt hatte, wie man sich als Frau effektiv gegen Männer zur Wehr setzte. *»Lass dir nichts gefallen, wehr dich mit allem, was du zur Verfügung hast, Sugar.«*, hörte sie ihn in ihrer Erinnerung sagen.

Liz fing langsam an zu begreifen, dass sie diesen Prozess verlieren würde, und somit unweigerlich auf der Todesliste von Hanno landete. Sie hätte sich nie mit ihm anlegen sollen.

Warum nur war sie mit ihrer Mutter nach Deutschland gegangen? Liz hatte ihr Herz in einen Trümmerhaufen verwandelt, um ihrer Mutter über den Tod ihres Vaters hinweg zu helfen, nur, um sie dann an den Krebs zu verlieren. Dabei hatte sie sich selbst verloren.

Ihr war, als wiche alle Kraft aus ihren Gliedern. Sie war so unendlich müde, so müde vom Leben. Es gelang ihr nicht, die erneute Welle der Erinnerungen aufzuhalten, die sie voller Gewalt überspülte und mit sich in die dunkle Tiefe riss.

»Ich bringe noch den Müll hinten raus. Sieh du zu, dass du mit dem Putzen hier vorne fertig wirst, T, deine Kleine wartet sicher schon sehnsüchtig auf dich.«
Das Licht der Straßenlaterne war ausgefallen. Vielleicht war ihr der geparkte Mercedes deshalb nicht weiter aufgefallen. Oder es lag daran, dass die Straße hinter dem American Diner, zu jeder Tages- und Nachtzeit, von diversen Autos zugeparkt war. Außerdem war sie völlig erschöpft.

Liz war gerade dabei, einen der drei großen, schweren Müllsäcke in den Container zu hieven, als unmittelbar neben ihr zwei Männer aus dem Dunkeln traten. Reaktionszeit gleich Null. Zu überrascht, um zu reagieren, traf sie der erste Schlag mitten in den Unterbauch. Noch während ihr alle Luft aus den Lungen wich und die Beine unter ihr zusammenklappten, konnte sie nicht fassen, was passierte. Solche Dinge passierten nur bei CSI im Fernsehen und anderen Menschen. Nicht ihr. Liz gelang nicht einmal ein einziger Schrei, selbst wenn sie gewollt hätte.

Bevor sie zu Boden fallen konnte, hielt man sie grob an den Armen fest. Panisch begann sie sich zu wehren, bezahlte dies jedoch mit einem neuen Schlag in den Bauch. Seltsamerweise empfand sie eine Art makabere Bewunderung für die Effektivität, die beide Männer an den Tag legten, um sie zu verletzen.

Das Geräusch des aufspringenden Klappmessers konnte nicht wirklich laut gewesen sein. Doch es klang in ihren Ohren wie ein Schuss. Leider hatte sie flache Ballerinas ohne Absätze an den Füßen, und die Männer überragten sie um mindestens zwei Köpfe. Ehe sie recht denken konnte, wurde ihr das Kleid vom zitternden Leib geschnitten. Den Schrei, den sie jetzt ausstieß, bezahlte sie mit gezielten Faustschlägen ins Gesicht, welche ihre Lippen blutig aufplatzen ließen. Wie versteinert nahm sie das Blut wahr, das aus Lippe und Nase rann. Es gelang ihr kaum, zu Atmen. Das Einzige, was sie noch sah, bevor weitere Schläge und Tritte wie Regentropfen auf ihren Körper trafen, war das Aufflackern eines Feuerzeugs in einem keine sechs Meter entfernt geparkten Mercedes, und Hannos diabolisch grinsendes Gesicht.

»Frau Theresa Müller, Mrs. T genannt. In welcher Beziehung stehen Sie zu der Geschädigten, Frau Conner?«

Liz konnte sich nur mühsam von dem Albtraum befreien, der sie während der Gerichtsverhandlung an die Grenze des Erträglichen brachte. Ihr war völlig entgangen, dass T bereits ihre Zeugenaussage machte.

Mitfühlend sah ihre Anwältin auf ihre zitternden Finger, deren Nägel bis auf das Fleisch hinabgeknabbert waren und die sie ertappt zwischen die Knie steckte, ohne die Frau näher zu beachten.

»Ich bin Lizzys, ähm Frau Conners, Freundin und Kollegin im American Diner.«, antwortete Mrs. T, ohne zu zögern.

»Schildern sie dem Gericht bitte den von ihnen bezeugten Tathergang.«

»Lizzy, also Frau Conner, kam vom Müll wegbringen nicht zurück. Also fing ich an, mir Sorgen zu machen. Es ist nämlich nicht ihre Art, zu trödeln.

Ich ging zur Hintertür hinaus, wo ich sah, wie Frau Conner regungslos im Schwitzkasten eines Mannes hing, während der andere auf sie einschlug, als wäre sie nicht mehr als ein verfluchter Boxsack. Überall war Blut. Ihr Kleid hing in Fetzen. Zum Zögern blieb mir keine Zeit. Ich habe nur noch gedacht ‚lass sie nicht tot sein!' und reagiert, indem ich auf den einen Angreifer eingeschlagen habe, so dass er von ihr abließ. Der andere Typ hat zwar noch versucht, mitzumischen, aber nach meinem Sidekick schnell kapiert, dass mit mir nicht gut Kirschen essen ist. Beide Männer sind zu einem wartenden Mercedes gerannt, und der fuhr dann mit quietschenden Reifen davon.

Wenn Sie mich fragen, hatte der Fahrer es darauf angelegt, gesehen und erkannt zu werden. Da drüben sitzt er auf der Anklagebank«.

Aus Mrs. T's Sicht hörte sich der albtraumhafte Abend genauso fürchterlich und entwürdigend an, wie er sie, seit der Tatnacht, jeden Tag und jede Nacht heimsuchte.

Es fiel Liz schwer, nicht, vor lauter Panik, die bereits blutige Haut um ihre Fingernägel noch weiter abzuknabbern.

»Keine weiteren Fragen, Euer Ehren«, bekundete ihre Anwältin, und überließ T der Verteidigung.

»Frau Müller, ich möchte Ihnen wirklich nicht zu nahe treten. Aber ich empfinde es schon als sehr selbstlos für eine Frau, ihrer Freundin gegen zwei Männern zur Hilfe zu eilen. Warum keine Polizei? Wieso ist Ihnen nichts passiert?«

Im Anbetracht der Frau, die da im Zeugenstand saß, kam Liz diese Frage fast schon lachhaft vor. Mrs. T war ganze

1,95 m groß. An ihrem Körper gab es, bis auf den kleinen Busen, kein Gramm Fett, nur Muskelmasse. Den Totenschädel auf ihrem Kehlkopf hatte sie mit einem von Liz's Seidenschals kaschiert, die Piercings an Augenbraue, Oberlippe und Nase für heute entfernt. Selbst die vielen bunten Tattoos waren züchtig unter den langen Ärmeln ihres Shirts verborgen. Aus Mrs. T war Theresa Müller geworden. Ganz Hamburg wusste, dass dort vorne eine der besten weiblichen Bodyguards saß. Nur sahen die wenigsten Menschen hinter die Fassade, wenn es darauf ankam.

»Wenn ich erst die Bullen, ähh ... die Polizei, angerufen hätte, wäre Liz womöglich noch vergewaltigt oder getötet worden. Wie man mir vielleicht ansieht, bin ich ziemlich muskulös. Außerdem habe ich eine Ahnung von dem, was ich tue, und wie ich es tun muss, da ich Selbstverteidigungskurse für Frauen gebe und regelmäßig boxe. Ich habe den zweiten Dan, Nidan genannt, in Karate. Schätze, ich war einfach schneller, als diese perversen A...«

Der Verteidiger legte sich den Zeigefinger an die Lippe, als überlege er etwas.

»Sie hatten keine Angst?«, hob der Verteidiger an, wurde dann aber von Liz Anwältin unterbrochen, die dem aalglatten Mann wohl ebenso wenig über den Weg traute, wie sie selbst es tat.

»Einspruch. Was hat das mit der Zeugenaussage zu tun?«

»Abgewiesen. Kommen Sie zur Sache!«, ermahnte der Richter.

»Also noch einmal. Frau Müller, hatten Sie keine Angst?«

»Natürlich war es nicht gerade ein super Gefühl. Angst würde ich es nicht nennen. Eher Respekt!«

»Sie hatten also Angst.«

»Das habe ich nicht ...«, versuchte T zu protestieren, wurde jedoch ignoriert.

»Die Straßenlaterne war defekt, nicht wahr? Man könnte also sagen, es war ziemlich dunkel. Oder?«

»Ja, es war nicht gerade hell«, gab T mit argwöhnischem Blick zu.

Der Verteidiger verschränkte die Arme vor der Brust, als fühlte er sich irgendwie bestätigt. »Frau Müller, Sie hatten also Angst, es war dunkel, und Sie haben sich, ebenso wie Ihre Freundin, vor diesen Männern schützen wollen? Das ist doch korrekt?«

»Nein. Ja. So ähnlich ...«

»Trotzdem wollen Sie meinen Mandanten, Hanno Ricardo Cortez-Schmidt, in dem ca. sechs Meter entfernten Mercedes ...«

»Das waren nie und nimmer sechs ...«

»Frau Müller, unterbrechen Sie mich nicht! Sie wollen also meinen Mandanten, Hanno Ricardo Cortez-Schmidt, in dem ca. sechs Meter entfernten Mercedes erkannt haben? Das kommt mir doch - gelinde gesagt - fragwürdig vor«, erklärte der Verteidiger herablassend, und entließ Mrs. T als Zeugin.

Warum hatte sie auf eine gerechte Strafe gehofft? Wieso hatte sie diese Tortur überhaupt über sich ergehen lassen? Sobald sie diesen Gerichtssaal verließ, war ihr Leben keinen Pfifferling mehr wert. Liz wusste, wie Hanno tickte. Der Mistkerl war eine Zeitbombe, und sie hatte soeben die Lunte in Brand gesetzt. Ihr Tod würde nach einem tragischen Unfall aussehen, vielleicht auch nach einem Selbstmord, den keiner mit ihm in Verbindung bringen konnte. Schließlich war sie nicht dumm. Oft genug hatte sie etwas von seinen krummen Geschäften in den Nebenräumen des Tits mitbekommen. Sie hatte die Bosse der Unterwelt Hamburgs kommen und gehen sehen.

Wie konnte der Verteidiger ihr in die Augen sehen und ihr dabei noch das Gefühl vermitteln, selbst Schuld an allem zu sein? Konnte sie sich nicht glücklich schätzen? Immerhin war sie ja nicht vergewaltigt worden. Begrabscht und verprügelt war unterm Strich nicht mit einem Geschlechtsakt gleichzusetzen. Gott, das war doch krank?

Da stand ein Mann, der sie hatte krankenhausreif schlagen lassen. Ein Mann, der ihrem Traum vom Tanzen auf großen Musicalbühnen einfach so mit einem Fingerschnippen ein Ende gesetzt hatte. Und der Mistkerl würde einfach davon kommen. Am liebsten hätte sie ihren Zorn heraus gebrüllt. Was war mit all den schlaflosen Nächten? Was mit den Schmerzen, und der ständigen Angst?

»Euer Ehren, wir plädieren immer noch auf schuldig. Meine Mandantin hat den Angeklagten, Hanno Ricardo Cortez-Schmidt, erkannt. Eine Zeugin hat den Angeklagten erkannt. Ferner hatte der Angeklagte ein fragwürdiges Alibi vorzuweisen. Ich möchte betonen, dass Frau Conner ein gebrochenes Jochbein, mehrere gebrochene Rippen und ein zertrümmertes Knie davon getragen hat. Von den seelischen Narben möchte ich hier gar nicht erst reden. Frau Conners Tanz-Karriere, ihr Beruf, ist unwiderruflich beendet. Eine Polizeimarke kann und darf nicht der Schutzschild dieses Mannes sein!«

»Hohes Gericht. Hanno Ricardo Cortez-Schmidt ist unschuldig. So viel Verständnis wir auch für das fürchterliche Drama empfinden, das Frau Conner erleiden musste, und welches ich mir nicht einmal ansatzweise vorstellen mag. Dennoch hat dieses abscheuliche Vergehen nichts mit meinem Mandanten zu tun! Er hat nicht zu dieser Tat angestiftet, und war auch nicht anwesend. Die Klägerin und die Zeugin haben sich im Dunkeln und der Verwirrung offensichtlich geirrt, denn drei Kollegen des Oberkommissars bezeugen, daß er zum Tatzeitpunkt mit ihnen in einer Einsatzbesprechung war, weit weg vom Tatort. Wir beantragen daher einen Freispruch!«

Zwei Stunden später:

»O Gott verdammt, Lizzy. Meinst du nicht, wir sind jetzt weit genug gerannt? Ich bin's, deine Freundin. Hörst du mich überhaupt noch?«

Mrs. T zog so fest an ihrem Ärmel, dass sie fast gestürzt wäre. Ihr ganzer Körper fühlte sich taub an. Taub, so wie zuletzt auf der Beerdigung ihrer Mutter, bei der sie sich am liebsten mit ins Grab gestürzt hätte.

»Wir sind viel zu weit weg von unserer Wohnung, Lizzy. Jetzt lass mich doch endlich ein Taxi rufen. Scheiße, das ist doch nicht gut für dein Knie.«

Zornig schlug sie T's Hand weg.

»Hör auf, mein Kindermädchen zu spielen, T. Mein verficktes Knie geht dich nichts an. Mein Leben ist am Arsch. Am Arsch, hörst du! Du solltest gehen, bevor mein schlechtes Karma auf dich abfärbt!«, spie sie ihrer Freundin, am ganzen Körper bebend, entgegen.

»Wo ho. Ganz ruhig, Lizzy. Weißt du was? Das ist Kinderkacke, was du hier treibst. Du bist wütend, Kleines. Okay. Das kann ich nur zu gut nachvollziehen. Der Richter ist Hanno's falschem Alibi auf den Leim gegangen, und hat ihn aus Mangel an Beweisen freigesprochen. Sauerei!

Trotzdem werde ich uns jetzt ein Taxi rufen. Und weißt du was? Du wirst einsteigen, weil ich dich halbe Portion locker unter den Arm klemmen kann, und glaub bloß nicht, dass ich das nicht tun würde. Du kannst Gott und der Welt etwas vormachen, Elizabeth Conner, aber nicht mir.«

»Ich kann nicht in Hamburg bleiben, T, verstehst du nicht? Er wird dafür sorgen, dass ich nirgendwo sicher bin.«, stöhnte Liz kraftlos, während T sie in ihre muskulösen Arme zog.

»Das ist Bullshit, Lizzy. Das Arschloch kann sich nicht leisten, mit dir in Verbindung gebracht zu werden. Er ist ein Bulle«, widersprach ihr ihre Freundin sanft, strich ihr unbeholfen über den Rücken.

»Falsch, T. Ganz falsch. Hanno wird sich die Finger nicht schmutzig machen. O nein. Keine Sorge. Männer wie er haben ihre Laufburschen, die das für sie erledigen. Hanno kennt Mittel und Wege, um mir das Leben zur Hölle zu machen. Glaub mir, einer wie er bringt dich dazu, selbst von irgend einer Brücke zu springen.«

T schien zu verstehen, was sie ihr damit sagen wollte, ohne dass sie es erst laut aussprechen musste. Der haltgebende Arm ihrer Freundin bestand nur aus Muskeln. Die farbenfrohen, und teils ziemlich schrillen, Tattoos waren nur zum Teil vom hochgeschobenen Jackenärmel verdeckt. Ihre Freundin würde nicht loslassen. Mrs. T war schon immer eine respekteinflößende Erscheinung gewesen. Ohne Frage, sie hatte einen der besten Bodyguards von Hamburg an ihrer Seite. Nur, wollte sie das? Liz kannte T's Schwachstelle. Sie wusste um die sanfte Seite der durchtrainierten Frau mit den raspelkurzen, wasserstoffblonden Stoppelhaaren.

Das Taxi kam, und beendete Liz's wirre Gedankengänge. Krampfhaft klammerte sie sich an den stechenden Schmerz in ihrem kaputten Knie, um es irgendwie ins Innere des Taxis zu schaffen. Sie wich den besorgten Blicken ihrer Freundin aus, welche sich zu ihr auf die Rückbank des Autos zwängte.

»Du hättest vorne einsteigen sollen«, kommentierte sie unfreundlich.

»Das hättest du wohl gerne. Was wirst du tun?« Eines musste man T lassen. Sie war mindestens so hartnäckig, wie Sekundenkleber klebte.

»Ich weiß es nicht. Lass mich einfach in Ruhe!«, antwortete sie, und versuchte, die Stimme in ihrem Hinterkopf zu ignorieren, die beständig *Schottland* flüsterte, als wäre dies ein Art Zauberwort.

Viel zu schnell kamen sie an ihrem Wohnhaus an. Die Stufen im Treppenhaus des alten Backsteinbaus glichen einer Folter. Einen Aufzug gab es nicht. An den Wänden wechselte sich der abblätternde Putz mit den Graffiti verschiedener Künstler und Banden ab. Es roch nach Pisse, kaltem Zigarettenqualm und abgestandener Luft. Von irgendwo konnte sie den Gesang eines Kindes hören.

T versuchte, einen Arm um ihre schmale Taille zu legen, doch sie weigerte sich, die dargebotene Hilfe anzunehmen. Die Hände am rostigen Metallgeländer, zog sie sich, die Zähne fest zusammengebissen, mit kaltem Schweiß auf der Stirn und wippendem Pferdeschwanz, in den fünften Stock empor.

»Ich kenne nur Männer, die mit deiner verfluchten Sturheit mithalten können!«, begleitete sie T's ungehaltenes Fluchen.

»Fuck!«, stieß sie knurrend aus.

»Solche Wörter aus deinem Mund. Na na, Lady. Und nein. Den Gefallen tu ich dir nicht. Bei dir hätte ich Angst, etwas zu zerbrechen, Kleines. Außerdem bist du, ganz unter uns gesagt, alles, nur kein Mann, Sweety!«

Liz hatte längst keine Kraft mehr, um ihrer Freundin einen neuen Konter an den Kopf zu werfen. Endlich kam die ersehnte Haustür in ihr Sichtfeld. Am ganzen Körper bebend vor Schmerzen, konzentrierte sie sich darauf, den Schlüssel ins Türschloss zu bugsieren.

Es war, als stünde sie auf kaltem Entzug, zumindest stellte sie sich diesen so vor. Sie hatte noch nie Drogen konsumiert, höchstens, man zählte schottischen Whisky dazu. Aber oft genug saßen Junkies im Treppenhaus und bettelten um die Kohle für den nächsten Schuss. Einmal hatten sie im miefigen Keller eine Frau gefunden, die auf kaltem Entzug war. T hatte sie gekannt und ins Krankenhaus geschafft. Monate später hatten sie dieselbe Frau erneut im Keller gefunden. Tot. Sie hatte ausgesehen wie ein Greis. Crystal Meth entkam man nicht so einfach. Hatte T ihr erklärt. War sie wirklich bereits so nahe am Abgrund? Konnte sie sich selbst aufgeben? Ein Spruch von Nietzsche kam ihr in den Sinn: ‚Und wenn du lange in einen Abgrund blickst, blickt der Abgrund auch in dich hinein'.

Schottland, flüsterte es in ihrem Kopf sehnsüchtig. Bis ihre Knieprothese keine Schmerzen mehr bereiten würde, konnten noch Jahre vergehen. Geduld und Kraft würde sie brauchen, hatte ihr der Arzt bei der Reha erklärt. Liz besaß beides längst nicht mehr.

Kraftlos sank sie gegen die Tür, ließ zu, dass T ihr den Hausschlüssel aus der Hand nahm. Sekunden später sprang ein völlig aus dem Häuschen geratener Hund an ihnen beiden empor, wie ein kleiner Gummiball.

»Atmen, Brutus. Immer schön atmen, Hund«, redete T auf den beigefarbenen Mops ein, dessen Bellen eher wie ein Röcheln klang. Dabei ignorierte sie Liz's vor Ärger erhobene Augenbrauen geflissentlich.

»Ich hol Quark und Eisbeutel. Du bewegst deine mickrigen Meter Körper in bequeme Klamotten, und ab auf die Couch. Verstanden?«, kommandierte sie.

Der Gesichtsausdruck, den T dabei zu Tage legte, hatte nichts Freundliches an sich. Ein Drillsergeant der US-Armee war ein Klacks gegen die 1,95m Frau. So viel war sicher.

Liz fühlte sich so fürchterlich erschöpft. Vor Schmerzen tanzten bereits bunte Lichtblitze vor ihren geöffneten Augen. Das war nicht gut. Ungelenk entledigte sie sich ihrer Kleider, um in Boxershorts und T-Shirt zu schlüpfen.

»Ich sage nicht, dass es besser wird, Lizzy. Genausowenig, wie ich leugnen werde, dass du schon mal besser ausgesehen hast, oder dass ich Männerboxershorts nur an einem Mann sexy finde. Ehrlich gesagt, habe ich keinen blassen Schimmer, wie wir aus diesem Schlamassel wieder rauskommen. Aber eines kann ich dir versichern. Ich werde nicht abhauen. Keine Ahnung, wen du schon alles in die Flucht getrieben hast, Lady. Bei mir funktioniert es jedenfalls nicht. Du kannst dir deine ‚One Woman Macho Show' also sparen«, erklärte Mrs. T ruhig, während ihre völlig unweiblichen Hände Liz's Knie vorsichtiger, als man es ihr zutrauen würde, mit Quarkbinden einwickelte. Zum Abschluss stabilisierte sie dieses mit Eisbeuteln und Kissen.

Kommentarlos nahm Liz die Schmerztablette entgegen, die ihr, samt einem Glas Leitungswasser, gereicht wurde. »Danke«, wisperte sie resigniert.

»Du brauchst mir nicht zu danken, Lizzy. Ich bin deine Freundin, und Freundinnen helfen sich gegenseitig. Ich hab meine Süße bei Fatma geparkt. Werd sie holen gehen.«

»Fatma Özgür, aus dem Erdgeschoss?«

»Japp. Ist eine echte Perle, das Mädchen. Du kommst klar?«

Nein. Ich kann nicht alleine sein. Ich werde alle Lichter brennen lassen, einen Schrank vor die Haustür schieben und hysterisch werden, sobald du aus der Wohnung gegangen bist, wäre eine ehrliche Antwort gewesen. Stattdessen nickte sie nur, ohne das ein Laut über ihre bebenden Lippen fand. Gott, sie fühlte sich erbärmlich.

Liz musste eingeschlafen sein. Erst der ohrenbetäubende Lärm von splitterndem Glas ließ sie aus dem Tiefschlaf schrecken, in den sie vor völliger Erschöpfung gesunken war. Das Display ihres Handys zeigte weit nach Mitternacht an, und Brutus knurrte neben ihr alarmiert. Ihrem Knie ging es nach wie vor lausig, aber der Schmerz war nun zumindest wieder einigermaßen erträglich.

Vorsichtig humpelte sie zuerst zur Haustür, fand diese noch immer verschlossen vor. Ihre zitternden Finger schlangen sich fest um das Holz des Baseballschlägers, den sie neben der Tür gelagert hatte.

»Stell dich nicht an, wie eine Prinzessin. Bleib ganz ruhig, Lizzy. Auch wenn der Kerl der Teufel in Menschengestalt ist, er kann nicht fliegen!«, redete sie sich selbst Mut zu.

Was, wenn doch? Was wäre, wenn er einen Fassadenkletterer angeheuert hatte, der sie umbringen sollte? Sicherlich waren lächerliche fünf Stockwerke ein Witz für einen Profi. Konnte man von der Feuertreppe des Nachbarhauses zu ihrem Fenster springen?

Liz war nie ein ängstliches Mädchen gewesen. Sie war zwar mit ihren 1,55 Meter nicht gerade groß und hatte die Figur einer Elfe, aber sie war schnell und beweglich wie eine Schlange. Außerdem war sie mit lauter älteren Jungs aufgewachsen. Sie hatte sich bereits in Kindertagen ihren Platz hart erkämpfen müssen.

Doch dann war Hanno Ricardo Cortez-Schmidt in ihr Leben getreten. Der ehrbare, gut aussehende Kommissar, der sie ins Theater ausgeführt hatte und sie mit Blumen überhäufte. Eine winzige Zeit lang hatte sie geglaubt, er könne das Loch in ihrem Herz reparieren. Doch der Moment verging, als er die Hand gegen sie erhob und ihr ein Veilchen verpasste. Seltsam, sie konnte sich nicht einmal mehr an den Grund erinnern, dem sie ihm dazu geliefert haben musste. Oder nicht? Liz war zwar ein gutgläubiger Mensch, aber sie wusste, Männer, die Frauen schlugen, taten dies nicht nur ein einziges Mal.

Noch am selben Abend hatte sie ihn verlassen. Seitdem verging kein einziger Tag, an dem sie sich nicht das Hirn darüber zermarterte, was sie anders hätte machen können. Warum war ihr sein wahres Ich verborgen geblieben? Wäre es nicht zu dieser schrecklichen Nacht gekommen, wenn sie Hanno im Café einfach hätte rauswerfen lassen, anstatt ihn mit Kaffee zu übergießen?

Sie, Elizabeth Camille Conner, war auf einen Frauen schlagenden Macho hereingefallen. Ausgerechnet sie, die sich für ihre gute Menschenkenntnis rühmte, war von jener Menschenkenntnis im Stich gelassen worden. Alles, was von ihr übrig war, war eine am ganzen Leib zitternde Frau, die plötzlich an Panikattacken litt.

»Du schaffst es, Liz. Einen Schritt nach dem anderen. Jetzt komm schon ... «

Die Kälte des alten Fliesenbodens drang unbarmherzig durch ihre gestrickten Strümpfe. Stück für Stück schob sie sich an der Wand entlang, ohne Licht zu machen. Die Wohnung war winzig. Küche, Bad und Wohnzimmer mit Schlafcouch. Sie kannte jeden Millimeter dieser vier Wände in- und auswendig. Trotzdem fühlte sie sich seit dem Überfall selbst hier nicht mehr sicher. Liz verschmolz lieber mit der Dunkelheit, als sich einem wie Hanno auf dem Silbertablett zu präsentieren.

»Du hast zu viele Krimis gesehen, definitiv«, murmelte sie Brutus ärgerlich zu, der sich knurrend und haaresträubend an ihre nackten Waden drückte. »Bilde dir ja nicht ein, ein Dobermann zu sein, Hund! Außerdem bringst du mich gleich dazu, über dich zu stolpern«, ermahnte sie den beigefarbenen Mops, der sich zu einer Kugel zusammengerollt hatte, die sich nun vehement auf der Suche nach Schutz zwischen ihre Füße legte.

An der Tür zur Küche ließ sie sich, trotz schmerzlichem Protest ihres Knies, in die Hocke sinken. Wenn jemand auf Bewegungen schoss, tat er das doch in Kopfhöhe, oder? Wahrscheinlicher war aber, dass sie einfach zu viel CSI und Co angesehen hatte. Zaghaft gab sie der Tür einen Schubs. Das Quietschen, mit dem diese sich öffnete, war ohrenbetäubend, zumindest kam es Liz so vor.

Eine neue Welle der Panik schwappte über sie hinweg, nahm ihr die Luft zum Atmen. Der Baseballschläger fiel aus ihren kraftlosen Fingern und rollte knirschend über die Glasscherben des Fensters, in denen sich das fahle Mondlicht brach. *Du musst dich beruhigen! Liz, du hyperventilierst*, erkannte ihr Kopf, während die Ohren bereits dumpf surrten, als beherbergten sie die komplette Weaverly Station in Edinburgh.

Mist, Mist, Mist! Sie hatte vergessen, die Rollläden zu schließen. Nur das kam als Erklärung in Frage. Und wenn nicht? Wie sonst hätte der Ziegelstein durch die ungeschützte Scheibe schlagen können?

Keuchend zog sie ihr T-Shirt über die Nase, schnappte nach Luft und klappte schließlich doch vor Schwäche in sich zusammen. Brutus winselte, stupste sie immer und immer wieder an. Seine raue Zunge leckte über ihre Hände, beruhigte, wenngleich sie noch immer panisch nach Atem rang. In Embryostellung zusammen gerollt, den Kopf zwischen die Knie gepresst, versuchte sie, die Kontrolle über einen Körper zurückzuerlangen, der ihr nicht mehr gehorchen wollte.

Liz wusste nicht, wie lange sie so im eisigkalten Luftzug der Nacht gelegen hatte. Es musste eine kleine Ewigkeit gewesen sein, denn ihre Glieder fühlten sich völlig ausgekühlt und steif an, als es ihr endlich gelang, auf die Beine zu kommen.

Der Backstein lag inmitten der Glasscherben wie ein Mahnmal, dem sie vorsichtig auswich, in dem sie sich an der Küchenzeile entlang schob. Er war mit einem hellen Pünktchenstoff umwickelt, den sie sofort erkannte. Es war der Petticoat, den man ihr an jenem unheilvollen Abend mit einem Klappmesser vom Leib geschnitten hatte.

Schneller, als sie sich selbst zugetraut hätte, ergriffen ihre tauben Finger den Rollladengurt. Nur Sekunden später verschloss dieser das Fenster mit einem lauten Knall. Liz bildete sich ein, das ganze Haus würde wackeln, dabei waren es erneut ihre Beine, die unter ihr nachgeben wollten.

»Nein!«, knurrte sie zornig, und brüllte dann laut, wie ein verwundetes Tier, immer und immer wieder »NEIN! NEIN!« Wie im Wahn kontrollierte sie, ungelenk stolpernd, jedes einzelne Fenster. Dann holte sie sich etliche blaue Flecken, als sie die schwere Kommode vor die Balkontüre schob. Ihr war völlig egal, dass Mrs. T sie wegen ihrer Hysterie auslachen würde.

Dennoch reichte all das nicht aus, um für Schlaf zu sorgen. Es war vergeblich. Kaum schloss sie die Augen, kam er zurück. Hanno. Wie eine Schlafwandlerin irrte sie in ihrer kleinen Wohnung umher, nur mit dem Unterschied, dass sie dabei wach war. Jedes Mal endete ihr Rundgang erneut vor dem Nachttisch, der aus einer alten Holzkiste bestand, in der einst Äpfel gelagert wurden. Jetzt diente diese Holzkiste als Nacht- und Wohnzimmertisch. In ihrem Inneren bewahrte sie eine alte Zigarrenschachtel auf, welche von einem Einmachgummi verschlossen wurde. *Schottland*, schien der Brief ihr zuzuflüstern, den sie dort sicher aufgehoben hatte. *Komm nach Hause, Elizabeth!*, lockte er.

Drei Monate war der Brief bereits alt. Weit mehr als zehn Mal hatte sie ihn gelesen, an die hundert Male ‚was wäre wenn' durchgespielt. The Pub war nicht einfach nur eine Kneipe für sie gewesen. Es war der Ort, an dem sie aufgewachsen war. Ihr Zuhause. Ein Platz der Unbeschwertheit und Liebe. Der urige schottische Pub war zur Hälfte ihr Eigentum. Nachdem ihr Vater bei einem unverschuldeten Autounfall aus ihrem Leben gerissen worden war, waren seine Anteile an sein einziges Kind übergegangen. An sie. Nur, dass sie nichts davon hatte wissen wollen. Ihr Anteil der Einnahmen ging auf ein Treuhandkonto in Schottland, das völlig unberührt war.

Bereits einen Monat später hatte sie, ihrer deutschen Mutter zuliebe, und für ein Teilstipendium an der Musical-Schule Hamburg, Schottland, ebenso wie der Liebe, den Rücken gekehrt. Ihre Mutter hatte nicht mit der ständigen

Erinnerung an ihren Vater umgehen können. Ebenso wenig wie Liz selbst.

Erst in der Heimat ihrer Mutter, in Hamburg selbst, hatte sie deren wahre Beweggründe erfahren. Krebs. Ihre Mutter war unheilbar an Krebs erkrankt, der Körper längst voller Metastasen. Ein halbes Jahr voller Qualen war alles, was ihr an Zeit mit ihr geblieben war. Jetzt lag Hildegard Conner, zu Asche verbrannt, in einer Urne, im teuren Familienmausoleum, dem Einzigen, was von Liz's deutschen Wurzeln übriggeblieben war.

Schottland. War sie wirklich mutig genug, um sich ihren Erinnerungen zu stellen? Hatte sie genug Kraft für die Schuhe ihres Vaters, obwohl diese doppelt so groß waren wie ihre eigenen? Andererseits hatte Liz ja nicht gerade eine große Wahl. Sie konnte versuchen, das Vertrauen des Mannes zurückzugewinnen, der sie um ihre Tanzkarriere gebrachte hatte, und der sie mit großer Wahrscheinlichkeit lieber tot sehen wollte. Da war Schottland doch die bessere Option. Obwohl sie natürlich auch dort nicht vor ihm sicher sein konnte.

Ein Problem kommt selten alleine

»Ich verstehe nicht ganz, Frau Özgür. Was genau meinen Sie mit ‚Fatma weg immer'? Sie wollte eigentlich heute Vormittag nochmal auf meine Lucy aufpassen«, versuchte T der kleinen, gebeugten, türkischen Gestalt zu erklären, von der sie annahm, dass es sich dabei um Fatmas Mutter handelte. Was, zugegeben, unter dem vielen Stoff der schwarzen Burka nur schwer zu erraten war.

»Tochter nicht da. Gut Mann heirat. Komme nix zuruck Tochter«, erklärte die Frau in gebrochenem Deutsch, und verfiel dann in lautes, weinerliches Klagen, das T durch und durch ging. Am Liebsten hätte sie lautstark protestiert, auch wenn fraglich gewesen wäre, ob das Irgendetwas geändert hätte. Lucy klammerte sich bereits verängstigt an ihr Bein.

Noch bevor sie sich eine neue Strategie einfallen lassen konnte, um Fatmas Aufenthaltsort in Erfahrung zu bringen, wurde ihr die Tür direkt vor der Nase zugeschlagen.

»Ganz prima«, seufzte sie frustriert. »Schätze, wir werden wohl Lizzy besuchen müssen, Mäuschen.«

Lucy strahlte sie mit ihren überdimensionalen blauen Augen verzückt an. Wie konnte man einer Fünfjährigen, die geistig auf dem Stand einer Zweijährigen war, böse sein? Liebevoll sah sie ihrer Tochter zu, die an ihrer Hand Treppenstufe für Treppenstufe erklomm und dabei zwanghaft immer genau mit einem Fuß in jeweils eine einzige Bodenfliese trat. Geduld war etwas, das man mit Lucy in rauen Mengen benötigte. T ignorierte ihr Schneckentempo, schenkte ihrer Tochter stattdessen ein zärtliches Lächeln. Den Blick auf die wippenden, zu Rattenschwänzen gebundenen, dunkelbraunen Haare gerichtet, hing sie ihren Gedanken nach.

Wo um alles in der Welt war Fatma abgeblieben? Es sah der jungen, modernen Türkin überhaupt nicht ähnlich, sie zu versetzen. Im Gegenteil, Fatma liebte Lucy über alles, was, wenn man bedachte, wie schwierig ein Kind mit Downsyndrom sein konnte, ein großes Geschenk für sie und ihre Tochter war.

Man sollte zwar annehmen, dass solche Kinder in der heutigen Zeit akzeptiert würden und kein Problem mehr darstellten. Leider entsprach dies jedoch nicht der Wahrheit. Einen erschwinglichen und geeigneten Kindergarten zu finden, hatte sich als unmöglich herausgestellt. Die meisten Menschen machten keinen Hehl aus ihren Gefühlen ihnen beiden gegenüber. Eine alleinerziehende Mutter, die gepiercte, muskelbepackte 1,95m groß war, und dazu ein Trisomie 21 Kind ihr eigen nannte, das zudem noch die Hautfarbe einer Mousse au chocolat besaß, war im spießbürgerlichen Deutschland ein absolutes ‚No Go'!

Lucy hatte die halbe Zeit ihres Lebens mit Ohrenschützern in diversen Diskotheken und Bars verschlafen, in denen ihre Mutter als Türsteherin jobbte. Erst vor drei Jahren hatte T die mickrige Wohnung in dem runtergekommenen Plattenbau gefunden, und mit ihr Fatma und Liz.

»Als ob ich mir nicht schon genügend Sorgen machen müsste«, fluchte T leise vor sich hin, und strich sich mit gespreizten Fingern durch die raspelkurzen, wasserstoffblonden Haarstoppeln.

Verdammt. Sie musste endlich aufhören, in Allem und Jedem etwas Gefährliches oder Merkwürdiges zu sehen. Der schlimme Überfall auf Liz, ebenso wie die fürchterlich zunehmenden Übergriffe der Rechtsradikalenszene, hatten sie überempfindlich werden lassen. Plötzlich sah sie überall nur noch Gefahren, und das Böse lauern. Dabei war ihr selbst, außer blöden Sprüchen und kleinen Handgreiflichkeiten, bisher nichts passiert.

An Liz's Haustür angekommen, ließ sie zu, dass Lucy Sturm klingelte, obwohl sie einen eigenen Hausschlüssel besaß. Es überraschte sie kein Bisschen, die Schottin, mit drohend erhobenem Baseballschläger, im Halbdunkeln direkt hinter der Tür vorzufinden. Unvermittelt kam ihr Schneewittchen in den Sinn. Haut wie Schnee, Lippen rot wie Blut und Haare so schwarz wie Ebenholz. Liz hätte ein perfektes Schneewittchen abgegeben. Ihre Freundin hatte eine typische Tänzerfigur. Durchtrainiert, zierlich, und mit ihren 1,55m recht klein. Tatsächlich schien der Baseballschläger, wenn sie ihn genau betrachtete, fast so groß wie der Körper ihrer Freundin zu sein.

T musste fest schlucken, um den Kloß an Schuldgefühlen, den sie Liz gegenüber empfand, loszuwerden. Sie hatte Liz zu einer Anzeige überredet. Es war ihr zu verdanken, dass dieses Arschloch nicht aufhören würde, Liz fertig zu machen.

»Du hast wieder nicht geschlafen, nehme ich an?«, fragte sie, ignorierte dabei den Baseballschläger, welcher jetzt, durch Lizs Zittern, zu wackeln begann, ebenso wie den Hund, der sich aufgeregt zwischen ihren Beinen hin und her bewegte. Dabei gab er Geräusche von sich, die keinerlei Ähnlichkeit mit einem typischen Hundebellen hatten. Es hörte sich eher an, als wollte er sich übergeben.

»Was machen die Schmerzen? Brauchst du neue Quarkwickel? Mutierst du jetzt neuerdings zum Vampir, oder warum ist es hier so dunkel, wie in einer Gruft?«

Ohne auf Antworten zu achten, schob sie sich an Liz vorbei ins Wohnzimmer und erstarrte. Nicht genug, dass vor der Balkontür die schwere Eichenholzkommode stand und diese versperrte. Nein. Die Küchentür stand offen, und gab den Blick frei auf erschreckend viele Glasscherben.

»Ein Ziegelstein ...«, erklang Lizs Stimme hinter ihrem Rücken ruhig. In ihren Ohren viel zu ruhig.

Langsam drehte T sich zu ihr um. »Wie bitte? Kannst du das nochmal wiederholen?«, presste sie alarmiert hervor.

»Ein Ziegelstein mit dem Stoff meines Petticoats hat das Küchenfenster pulverisiert«, erklärte Liz beängstigend emotionslos.

»Ich glaube, ich spinne. Dieses korrupte Arschloch. Dieser ... dieser ... Es muss doch etwas geben, was wir gegen ihn tun können. Wir ...«

»Hör auf damit, T. Er ist das Gesetz. Er sitzt am längeren Hebel. Außerdem hört Lucy dich. Ich finde nicht, dass ein Kind unbedingt sämtliche Schimpfworte beherrschen muss.«

T schossen Tränen der Wut in die Augen. Sie wich Lizs Blick aus, sah stattdessen zu ihrer Tochter, die Brutus, der sich auf den Rücken geworfen hatte und alle Beine von sich streckte, enthusiastisch am Bauch kraulte.

»Wie kannst du nur so gelassen bleiben? Ich könnte die Jungs vom Boxcenter auf ihn hetzen. Fuck. Der Kerl sollte zu spüren bekommen was du ...«, vor Rage brach ihre Stimme.

»Und dann? Was dann, T? Hanno hat kein Gewissen. Deine Jungs würden ernsthafte Schwierigkeiten bekommen, aber ändern, ändern würde es nichts! Ich muss der Tatsache ins Auge sehen. Meine Tanzkarriere ist beendet. Es gibt nichts, absolut nichts, was ich noch tun kann. Die letzte Nacht hat mir den Rest gegeben. Ich kann doch nicht jede verdammte Nacht ohne Schlaf verbringen. Das verstehst du doch, oder?«

Natürlich verstand sie. Schon allein der flehende Klang, der so ungewöhnlich für ihre Freundin war, genügte ihr, und änderte dennoch nichts an ihrer Bewunderung für die Schottin. Gott, sie würde Liz verlieren. Tapfer versuchte sie sich an einem Nicken.

»Du gehst zurück?«

»Aye. Hab ich denn groß eine Wahl?«

»Nein. Nein, ich fürchte, die hast du nicht wirklich, Lizzy«, antwortete sie, und war stolz, dass ihre Stimme ihr dabei nicht den Dienst versagte.

»Ich hatte letzte Nacht genügend Zeit, um mich nach Flügen zu erkundigen. Außerdem habe ich online einen Termin beim Tierarzt ausgemacht. Die nötige Whatsapp habe ich auch geschrieben. Es gibt kein Zurück mehr für mich.

»Ich verstehe.«

»Wirklich? Ich hatte mich gefragt, ob ... Ach, vergiss es.«

»Was dachtest du?«

»Ich ... Vielleicht könntet ihr ...«

»Mitgehen? Ich dachte schon, du fragst nicht. Ich brauche nicht viel Zeit, um ebenfalls meine Zelte abzubrechen. Uns hält hier nichts. Außerdem kannst du sicher jede Hand zum Renovieren, und vor allem, zum auf dich aufpassen brauchen!«, sprach T aus, was ihr bereits während des Gesprächs durch den Kopf gegangen war.

»Du hast ja keine Ahnung, wie sehr ich gehofft hatte, dass du das sagen würdest, T«, flüsterte sie ihrer Freundin mit tränenschwerer Stimme zu, und ließ sich in eine tröstende Umarmung ziehen.

Schottland zur selben Zeit

»Nach all der Zeit kommt sie also endlich zurück gekrochen. Hat wohl nicht funktioniert mit ihrer ach so tollen Tanzkarriere. Auf einmal erinnert sie sich an ihr Erbe, oder wie soll ich das verstehen?«, wetterte der zweite Boss von ‚The Pub' lautstark gegen Elizabeths Heimkehr.

In seinem eigenen Kopf hingegen herrschte das reinste Chaos. Waren Hass und Enttäuschung wirklich alles, was Stuart für Elizabeth empfand? Alan, sein Vater, gab ihm kaum erkennbar nickend zu verstehen, dass es besser war, sich aus den Familienangelegenheiten der Conners herauszuhalten. Er für seinen Fall hatte keinen Bedarf an Ärger. Diese Suppe hatte sich Lizzy ganz alleine eingebrockt. Dann konnte sie diese auch alleine auslöffeln. Der Boss war nun einmal der Boss, egal, ob man sich ausstehen konnte, oder eben nicht. Stumm tauschte er sich mit seinem Vater Alan aus.

»William, hüte deine Zunge. Ich bin mir sicher, Elizabeth hatte ihre Gründe. Sie hat immerhin ihren Vater verloren, und kurze Zeit später ihre Mutter ... «

»Das mag ja sein, Mutter. Dennoch hat sie sich aus ihrer Verantwortung gestohlen. Hier geht alles den Bach hinunter, während die feine Dame tanzen geht. Verdammt. Sie ist und bleibt eine Conner. Wir sind ihre Familie, ihr Clan. Elizabeth hat uns im Stich gelassen«, spie William zornig aus, und knallte das leere Whiskyglas derart fest auf die Ablagefläche neben ihm, dass Stuart fest mit umher fliegenden Glassplittern rechnete. Zum Glück blieben diese aus.

»Ich frage mich, wie du mit deiner Mutter redest, Will. Man könnte meinen, du bist keine dreißig Jahre, sondern fünfzehn Jahre alt, und noch grün hinter den Ohren!«

»Schon gut, Alan«, unterbrach Marjorie den Disput und ergriff Alans dargebotenen Arm, der es ihr möglich machte, sich langsam aus dem Rollstuhl zu erheben. Ob Lizzy wusste, wie schlecht es ihrer Tante ging? Marjorie Conner war für ihre über siebzig Jahre, sowie ihre schlechte körperlichen Verfassung, noch immer eine beeindruckende Erscheinung. Stuart war schleierhaft, warum Williams Vater sie nie geheiratet hatte. Sieben Jahre war es her, dass ihr Bruder Gordon bei einem unverschuldeten Unfall den Tod fand. Seit diesem finsteren Tag war Marjorie Conner das unanfechtbare Oberhaupt des Conner Clans. Aufrecht, mit versteinerter Miene, das schlohweiße Haar zu einem strengen Knoten frisiert, nur durch Alans Arm gestützt, stand sie da, visierte ihren Sohn mit unerbittlicher Miene.

Sieben verfluchte Jahre, dennoch reichte bereits ihr ausgesprochener Name, um ihn in Rage, und ebenso in das Jammertal seiner Selbst zu befördern. Ohne dass er es wollte, begannen Stuarts Gedanken ein Eigenleben zu entwickeln. Obwohl seine großen, feingliedrigen Hände noch immer das alte Holz der Küchenablage spürten, an der er salopp lehnte, war er geistig völlig abwesend.

Warum hatte sie gerade ihm eine Whatsapp geschickt? Ausgerechnet ihm, nach all den Jahren. Es gab eine Zeit, da hätte er seine Hand für ein einziges Lebenszeichen von ihr gegeben. Weshalb hatte sie nicht einfach Marjorie oder William angeschrieben? Die ganzen verfluchten Jahre hatte er nicht genau gewusst, wo Lizzy war. Noch heute konnte er sich an jede elende Sekunde des Tages erinnern, der sein Leben zerstört hatte. An jenen Moment, in dem ihm Elizabeth Camille, seine Cami, das Herz mit beachtlicher Präzision lebendig aus der Brust gerissen hatte, um darauf zu tanzen.

»Du kannst doch nicht einfach so gehen, Cami! Bedeute ich dir so wenig?«

»Nur weil ich dir meine Unschuld geschenkt habe, Stu, heißt das doch noch lange nicht, dass wir verheiratet sind. Außerdem war es nichts Besonderes.«

»Nichts Besonderes? Dafür, dass ich so ein lausiger Liebhaber war, haben wir es ziemlich oft getan, Sugar. Wenn ich mich recht erinnere, haben wir tatsächlich jeden einzelnen Raum in meinem Haus mehrfach eingeweiht. Ganz zu schweigen davon, dass ich dir meine Unschuld ebenfalls geschenkt habe. Was zum Henker soll das werden, Cami?«

»Jetzt mach doch kein Drama draus. Wir sind viel zu jung, um an Heiraten und den ganzen Kram zu denken! Du hast eine Bessere verdient, Stu.«

»Was, wenn ich aber keine Bessere möchte? Warum fragst du mich nicht, was ich will, Cami?«

Er hatte ihr hinterhergeschrien. Gebrüllt wie ein verletzter Stier. Ohne Erfolg. Noch heute sah er ihren verabscheuenden Blick, unter dem er sich schutzlos, fast nackt vorgekommen war. Selbst ihre Hand, die ihn von sich gestoßen hatte, konnte er immer noch spüren. Elizabeth Camille Conner zuzusehen, wie sie sich mit festen Schritten von ihm abwandte und durch den Regen davon ging, würde er niemals vergessen. Auf eine erklärende Antwort wartete er noch heute. Verdammt. Das Mädchen, mit dem er aufgewachsen war, das Mädchen, das mit ihm jeden Baum und jeden Berg erklommen hatte. Die Freundin, die ihn besser kannte als sein allerbester Kumpel, die so viel mehr war als nur eine Freundin. Genau diese hatte ihn eiskalt abserviert. Sie hatte ihn stehen lassen an einem trüben Herbsttag, durchnässt vom Regen und unfähig, sie aufzuhalten.

Als die Nachricht vom Tod ihrer Mutter kam, war er außer sich vor Sorge gewesen. Doch den Rest hatte ihm Grantown on Speys Gerüchteküche gegeben, in der man sich von einer Schwangerschaft erzählte. Und er wusste, dass an diesem Gerücht mehr dran war, als viele annahmen. Stuart hatte die Zeichen vor sich im Bett gehabt und nicht reagiert. Es wäre seine Aufgabe gewesen, seine allein, ihre starke Schulter zu sein. Mut, Halt und Liebe hätte er ihr geben sollen. Stattdessen hatte er den Schwanz eingezogen und sie einfach gehen lassen! Gott allein wusste, dass er alles dafür gegeben hätte, um die Zeit zurückzudrehen. Doch das Leben war unerbittlich, es funktionierte nie zu seinen Gunsten. Keine Anrufe, keine Nachrichten. Keine Cami, die vor seiner Tür stand und ihn bat, sie zurückzunehmen!

‚If you love something, set it free. If it comes back, it's yours. If it doesn't come back, it was never meant to be!'

Zur Hölle mit dir, Elizabeth Camille Conner! Es schmerzte noch immer so, als wäre es erst gestern gewesen.

»Gut dann wäre das abgemacht. Stuart? Du siehst nicht gerade begeistert aus«, sprach Marjorie ihn an, schien auf eine Antwort zu warten.

»Entschuldige bitte?«

»Es macht dir doch nichts aus, Elizabeth vom Flughafen abzuholen?«

Cac. Das hatte ihm gerade noch gefehlt. Ihm war völlig entgangen, um was es genau in dem Gespräch gegangen war. Hatte er wirklich geglaubt, die paar Jahre könnten ihn eine ganze Kindheit oder die erste große Liebe vergessen lassen? Weshalb hatte er nur nicht zugehört. Er ignorierte Williams süffisantes Grinsen.

»Sollte es? Wir sind schließlich beide erwachsen, aye«, antwortete er kalt, ohne sich eine Gefühlsregung anmerken zu lassen. Dem Blick seines Vaters wich er trotzig aus. Alan war einer der wenigen, dem er nichts vormachen konnte.

»Ihr entschuldigt mich. Ich habe einen Garten anzulegen und Bäume zu stutzen.« Wenigstens brachte sein Job als Landschaftsgärtner mit sich, dass man sich bestens abreagieren konnte, so man wollte.

Deutschland

T war bereits mit Brutus vorausgegangen, um Gungs Auto zu holen, das sie sich für den heutigen Tag ausgeliehen hatten. Lucys langsames Tempo beim Hinabsteigen der Treppen kam ihrem Knie zu Gute. An normalen Tagen fiel ihr das Treppensteigen nicht mehr so schwer, auch wenn es nach wie vor nicht schmerzfrei vonstatten ging.

Jetzt, wo sie sich entschlossen hatte, nach Schottland zurückzukehren, empfand sie den Gedanken daran auf einmal nicht mehr so abwegig. Im Gegenteil, ein winziger Funke Hoffnung wuchs in ihr. Hoffnung auf einen Neubeginn. Einfach würde es mit großer Wahrscheinlichkeit nicht werden. Aber was war in den letzten Jahren ihres Lebens schon einfach gewesen? Marjory, ihre Tante, war, gelinde gesagt, altmodisch und sie beide hatten sich noch nie gut verstanden.

Gedankenverloren steckte sie den Schlüssel in den Briefkasten, öffnete ihn. Im ersten Moment war ihr nicht klar, was in ihre Hand gefallen war, und dass Liz nicht losschrie, verdankte sie einzig und alleine der Anwesenheit des Kindes. Nicht auszudenken, wenn Lucy auf die abgeschnittene Pfote, sie schätzte die einer Katze, aufmerksam wurde, die auf ihrer ausgestreckten Handfläche lag.

Im Bruchteil von Sekunden hatte sie die scheußliche Drohung angeekelt zurück zu den Werbeprospekten in den Briefkasten gestopft und abgeschlossen. Angestrengt versuchte sie, nicht hysterisch zu werden, während sie dabei unablässig ihre Hand an der Jeans abrieb, als ob sie dadurch die Berührung der toten Katzenpfote wieder loswerden würde. Hanno war ein kranker Psychopath. Wie hatte sie ihre Menschenkenntnis nur so im Stich lassen können?

Vor dem Haus stieß sie mit T zusammen, die wohl hatte nachsehen wollen, wo sie und Lucy steckten. Himmel, wie lange hatte sie denn gebraucht? T's Blick nach zu beurteilen, länger als es ihr vorgekommen war.

»Ist mit dir alles in Ordnung, Lizzy? Du siehst aus, als wäre dir Freddy Krüger höchstpersönlich begegnet.«

Ohne ihre Freundin anzusehen, bückte sich Liz nach Brutus, bei dem sie systematisch jede einzelne Pfote entlangstrich, und murmelte eine unverständliche Entschuldigung. *Es war eine Katzenpfote. Es war eine Katzenpfote, und weder Brutus noch dich wird der Psycho in die Hände bekommen. Das war einfach eine kranke Verwarnung*, versuchte sie sich dabei gedanklich einzureden.

Nach dieser fürchterlichen Nacht, und dem anschließenden dreiwöchigen Krankenhausaufenthalt nach der Knie-OP, hatte es langsam begonnen. Drohbriefe und Beerdigungsbuketts waren ihr in die Reha geschickt worden. Ihr ehemaliger Liebhaber verstand etwas von Warnungen. Selbst nach der Gerichtsverhandlung konnte er es nicht lassen. Hanno unternahm alles, um sie mürbe zu machen. Das hier fing allerdings an, viel zu weit zu gehen! Was erwartete er von ihr? Dass sie sich umbrachte? Oder zu ihm zurückkam?

Da T's Handy lautstark klingelte, übernahm Liz es, die Kleine in ihrem Kindersitz anzuschnallen. Ablenkung hatte sie, so oder so, mehr als nötig. Zum Glück war der Kindersitz noch von der letzten Woche im Auto verblieben. Gung, ihr Chef, liebte Lucy und lieh Mrs. T gerne das Auto, wenn diese es benötigte. Sanft setzte sie dem Mädchen die Kopfhörer des MP3 Players auf, aus dem bereits das laute ‚Törö' von Benjamin Blümchen, dem berühmten Elefanten, erklang. Liebevoll strich sie ihr eine Haarsträhne aus dem Gesicht, um diese dann neu mit der roten Herzchenhaarklammer festzustecken.

Sichtlich aufgebracht, ging T vor dem Auto auf und ab. Ihre Freundin sah auf eine Art beunruhigt aus, die ihr gar nicht gefallen wollte.

»Moment mal, du hast was? Hör auf zu schreien, Fati, bitte. Nein, nein weil ich dich sonst nicht verstehen kann ... Was für eine Zwangsheirat? FUCK!«

Schon wieder diese Gossensprache. Liz verabscheute es, wenn T so sprach.

»Himmel T, deine Tochter kann diese fürchterlichen Worte hören!«, unterbrach sie die große Frau, welcher jetzt alle Farbe aus dem Gesicht wich, und die ihr per Handzeichen signalisierte, sie solle gefälligst den Mund halten. Was sie sicherlich nicht getan hätte, wenn Mrs. T nicht just in diesem Augenblick plötzlich gegen die Karosserie gesunken wäre, als hätte sie einen Schwächeanfall.

»Was hast du getan? Fati ...« krächzte sie dabei ungläubig, so dass Liz in höchster Alarmbereitschaft war. »Nur, damit ich das richtig verstehe, Fati. Du sagst, da ist Blut? Da ist überall jede Menge Blut und du, du hast deinen ... deinen Zukünftigen erschlagen ... mit, mit dem Koran?«, wiederholte T stotternd und stieg dabei ins Auto ein, als ob ihr sonst die Beine den Dienst versagen würden.

Was, um alles in der Welt, war da passiert? Es musste sich um einen Anruf von Fatma handeln, so viel konnte Liz aus den Sprachfetzen schlussfolgern. Sie hoffte nur, dass sie sich mit dem Rest, den sie sich laut des Telefonats zusammenreimte, verhört haben musste. So schwer konnte doch der Koran nicht sein? Wie viel wog die Bibel noch gleich?

Liz empfand keinerlei Erleichterung, als sie sich anschnallte und den Kopf zu T drehte, die mit aufgerissenen Augen durch die Windschutzscheibe starrte.

»Nur, weil ich mit vollem Namen Theresa heiße, heißt das doch nicht zwangsläufig, dass ich zu einer Mutter Theresa mutieren muss. Oder? Es kann doch nicht meine Aufgabe sein, Gott und die Welt zu retten ...«, flüsterte sie fassungslos.

Gefasster, als ihr zu Mute war, nahm Liz T das Handy aus den kraftlosen Fingern, die sich eiskalt anfühlten.

»Du musst keine Mutter Theresa werden, nur, weil dir am wohl deiner Freunde liegt, T. Was, um alles in der Welt, hat Fatma angestellt? Und vor allem; was gedenkst du zu unternehmen?«

Erst, als der Motor stotternd zum Leben erwachte, und das Auto holpernd auf die Straße rollte, antwortete T.

»Was ich tue? Das, was ich am besten kann. Anderer Leute Hintern retten, um ihnen dann selber den Hals umzudrehen. Fati sollte scheinbar zwangsverheiratet werden. Zwangsverheiratet mit einer sehr guten Partie, einem Saudi-Scheich oder so. Leider ist der Mann wohl ziemlich alt und

… keine Ahnung. Jedenfalls liegt er jetzt blutüberströmt im Wohnzimmer einer Villa im Harvestehuder Weg. Das behauptet zumindest die Braut. Fati glaubt, sie hat ihn mit dem Koran erschlagen …«, sagte T mit einer Abgeklärtheit, die Liz erschreckte.

»Du machst dich doch über mich lustig, oder? Gibt es denn in Deutschland überhaupt noch Zwangshochzeiten? Fatma erlaubt sich da sicherlich einen ganz schlechten Witz mit dir. Vom Koran erschlagen. Dass ich nicht lache«, ließ Liz ihre Freundin empört wissen, die das Auto konzentriert in den Verkehr einfädelte.

»Ehrlich gesagt, hat sich das gerade gar nicht spaßig angehört. Eher hysterisch, wenn du mich fragst. Eigentlich hörte sie sich wie du, gestern nach der Gerichtsverhandlung, an, um genau zu sein. Und wir wissen ja beide, was dabei rauskommen kann.«

Zähneknirschend starrte Liz aus der Windschutzscheibe, ohne zu antworten. Ein fehlgeschlagener Prozess, mit einer daraus entstandenen Flucht aus Deutschland, war dabei herausgekommen. Was waren sie nur für ein chaotischer Haufen!

»Was tun wir, wenn Fatma diesen Scheich wirklich umgebracht hat, T?«, fragte sie, auf ihre zierlichen Finger starrend, und überlegte, ob sie selbst imstande wäre, Hanno umzubringen? Warum kam ihr jäh Marjories Schrotgewehr in den Sinn?

»Wenn ich das nur wüsste, Liz. Ich habe keinen blassen Schimmer! Beten wir, dass sie nicht zu fest zugeschlagen hat.«

Hamburgs Nobelviertel war viel zu schnell erreicht. Leider gelang es all den schönen Häusern, die sich mit noblen Villen abwechselten, nicht, über die Anspannung, die im

Inneren des Autos herrschte, hinweg zu helfen. Blieb zu Hoffen, dass die gerade mal achtzehnjährige Türkin sich nicht die Zukunft ruiniert hatte.

Es war ziemlich selten, dass T etwas derart zu schaffen machte, dass sich ihr Magen anfühlte, als hätte sie Steine zum Frühstück verspeist. Bereits der vorherige Tag hatte in einem Desaster geendet. Zu ihrem Leidwesen schien der heutige Tag diesen Albtraum übertreffen zu wollen. Ihr war regelrecht übel. Das Quietschen ihrer Turnschuhe auf den Bodenfliesen aus Marmor begleitete sie, wie ein schlechtes Omen, durch ein menschenleeres, pompöses Treppenhaus, welches sie hinter einer unverschlossenen und weitgeöffneten Tür vorgefunden hatte. Die kühle und farblose Einrichtung wurde durch die viel zu kalt eingestellte Klimaanlage unterstrichen.

»Wie eine Gruft.«, knurrte sie unwillig, um dann unschlüssig vor den gewundenen Stufen einer riesigen Freitreppe stehenzubleiben. Wo, um alles in der Welt, war Fatma? T rechnete jeden Moment damit, vom Sicherheitspersonal verhaftet zu werden. Diese Villa stank geradezu nach Reichtum und jeder Menge Geld. Wo, um alles in der Welt, war das Sicherheitspersonal abgeblieben? Die Haustür zu so einer Villa ließ man doch nicht weitgeöffnet alleine!

Ein lautes Schluchzen ließ T erschrocken zusammen zucken. Als sich ihr plötzlich eine ganz in schwarz gehüllte Gestalt an den Hals warf, hätte sie fast vor Schrecken geschrien. Bevor sie zur Verteidigung übergehen konnte, erkannte sie Fatma unter der Burka, die über dem Gesicht, sowie den Haaren, völlig verrutscht war.

»Bist du lebensmüde, Fati? Gott, ich hätte dich fast k o geschlagen!«, fluchte sie, was die Türkin mit erneutem lauten Weinen konterte.

Aufgelöst versuchte die junge Frau, den Gesichtsschleier samt dem Kopftuch loszuwerden. Es misslang. Fatmas Hände zitterten ebenso sehr, wie ihr gesamter Körper. T hatte große Mühe, mit ihren Worten zu ihr durchzudringen.

»Fati, beruhige dich, bitte. Es wird alles gut. Hör mir zu«, redete T auf die junge Frau ein, die sie nun eigenhändig von der Kopfbedeckung zu befreien versuchte. Zu ihrem Leidwesen, stammelte Fatma nur noch Türkisch, das T wiederum überhaupt nicht verstand.

»Du musst dich beruhigen und mir erzählen, was passiert ist, Fati! Hörst du mich?«, versuchte sie, erneut zu der jungen Frau durchzudringen.

Dabei war ihr keineswegs entgangen, dass diese lediglich einen Schuh trug. Was T jedoch noch mehr alarmierte, war das Blut an ihren Fingern und an der nackten Fußsohle. *Lass sie ihn nicht umgebracht haben! O bitte, lieber Gott,* flehten ihre Gedanken stumm. Mit sanfter Gewalt hielt sie Fatmas Hände fest.

»WO IST ER, FATI?«, betonte sie jedes Wort.

Dabei schätzte T das Gewicht der jungen Frau ab, für den Fall, dass diese in Ohnmacht fiel. Für T stellte sich nicht die Frage ob, sondern wann, dies passieren würde. Immerhin bebte der ganzen Körper der Türkin so, als stünde sie unter Strom. *Mist. Das deutet eindeutig auf einen Schock hin,* erklärte sie sich selbst, ohne es laut auszusprechen.

Unvermittelt wandten sich die weit aufgerissenen Augen in die Richtung, aus der Fatma gekommen war.

»Dort?« T erwartete keine Antwort. »Dann sehen wir uns die Bescherung mal an ...«, ermutigte sie sich selbst.

Entschlossen setzte sie sich in Bewegung. Ein leichtes Vorankommen war es allerdings bei Weitem nicht, da sich Fatma an ihrem Arm festgekrallt hatte. T konnte jeden einzelnen Fingernagel in ihrem Fleisch spüren.

Der Mann lag vor einer riesigen Sitzlandschaft aus weißem Nappaleder, welche jetzt ein unschönes Muster aus Bluttropfen aufwies. *Sauber. Die ist ruiniert!,* unkten ihre Gedanken. Fatma blieb in sicherer Entfernung stocksteif stehen, während T sich vorsichtig näherte.

Um den kahlen Kopf des Mannes hatte sich eine kleine, schreiend rote Lache aus Blut gebildet. Wo war sein Turban? Oder nannte man das bei einem Scheich auch Schleier? Trotzdem war es sein dürrer, ältlicher Körper, der T mehr ins Auge fiel. Ein Greis mit Skelettfigur. Welches junge Mädchen träumte nicht von so einem Ehemann? Ärgerlich schnalzte sie mit der Zunge, um ihre sarkastischen Gedanken im Zaun zu halten. Schließlich war das hier wohl kaum die passende Situation dafür.

T war nicht umsonst eine der besten weiblichen Türsteher in Hamburg und Umgebung geworden. Man schätzte ihre Muskeln ebenso, wie ihr Wissen über die menschliche Anatomie. In regelmäßigen Abständen wiederholte sie ihre Erstehilfekenntnisse in entsprechenden Kursen. Sie war ein Profi. Also blendete sie alles andere um sich herum aus, und kümmerte sich um den angeblichen Toten. Zielsicher fand sie seinen Puls und stellte fest, dass der vermeintlich Tote gleichmäßig atmete. Der Koran, welcher auf dem Fußboden direkt neben dem Körper des Verletzten lag, hatte ihn lediglich bewusstlos geschlagen.

»Er hat eine Platzwunde, schätze mal, mit einer ordentlichen Gehirnerschütterung, aber sonst ist er nur ordentlich weggetreten«, erklärte sie Fatma, deren erleichterter Seufzer ihr ein ungesehenes Lächeln ins Gesicht zauberte. »Willst du warten, bis er aufwacht, oder sollen wir machen, dass wir wegkommen?«, hob sie an, um mit Verwunderung festzustellen, dass Fatma bereits mit wehender Burka durch eine offene Glastüre in den Garten rannte.

»Moment! Hey, wo willst du denn hin?«, rief sie ihr hinterher, nur um im nächsten Augenblick eine Hand abzuwehren, die sich auf ihre Schulter legte.

»Aua! Kannst du das sein lassen ...«, stöhnte Liz und sorgte damit dafür, dass sie nicht als Wurfgeschoss endete.

T hatte sich derart schnell umgedreht, dass sie den Arm ihrer Freundin mitgerissen hatte und ihn schmerzhaft verdrehte.

»Bist du wahnsinnig, Lizzy? Weißt du, wie knapp das war? Du kannst dich doch nicht an mich heranschleichen! Was sollte das werden, verdammt?«

»Ich hatte eigentlich nur vor, dir deinen Hintern zu retten. Außer, du möchtest dich mit denen da ...«

Liz wies mit dem Zeigerfinger zum Fenster, das durch die verspiegelten Scheiben die Sicht auf einen Hummer freigab, aus dem gerade vier ziemlich kastenförmige Muskelmänner ausstiegen.

»...anlegen!«

Die vermissten Sicherheitsleute hatten ihr gerade noch gefehlt. Dummerweise waren diese bereits zu nah an der Haustür, um ungesehen verschwinden zu können.

»Brutus passt auf Lucy auf, und die Haustür habe ich hinter mir abgeschlossen. Das sollte uns zumindest einen kleinen Aufschub geben«, erwiderte Liz im Vorbeieilen, und verschwand bereits ebenfalls in den Garten.

Einmal mehr konnte sie nur erleichtert den Kopf schütteln. Liz und sie waren einfach ein gutes Team. Die zierliche Schottin verschwendete keine Zeit, war bereits im Laufschritt unterwegs.

»Hey, du hast mich noch nicht mal gefragt, ob der Typ tot ist!«, rief sie ihrer Freundin hinterher.

»Ist er nicht. Sonst hättest du ihn nicht in die Stabile Seitenlage gebracht«, antwortete diese gefasst, sah sich dabei jedoch bereits nach Fatma um.

»Klugscheißer. Ts ts ... Das gibt es doch echt nicht«, knurrte T verstimmt vor sich hin.

Trotz des Handicaps mit ihrem Knie war Liz flink. Bereits wenige Sekunden später hatte sie Fatma eingeholt, die, wie von Sinnen, Dinge aus einem kleinen Schuppen auf den gepflegten Rasen warf. T konnte aus der Ferne eine Heckenschere, einen Spaten, eine Hacke und Blumentöpfe erkennen, die zum Teil zerbrochen waren.

»Was tut sie da?«, sprach Liz laut aus, was ihr selbst durch den Kopf ging. Ratlos zuckte sie mit der Schulter.

»Fati, wir müssen verschwinden. Die Sicherheitskräfte sind wieder da!«, mahnte sie, in der Hoffnung, eine Reaktion von der jungen Frau zu bekommen.

»Ich möchte ja nicht hetzen, aber sie versuchen die Tür aufzubrechen, und garantiert wird einer von ihnen auf die Idee kommen, durch den Garten ins Haus zu gelangen!« warnte Liz, die in diesem Augenblick, auf einer Gartenbank balancierend, über die Hecke starrte.

»Fati, Liebes. Bitte sei vernünftig! Was suchst du da denn überhaupt?«, sprach sie die Türkin an, und legte ihr dabei sanft eine Hand auf den Rücken.

»Eimer. Einen großen Eimer!«, murmelte diese.

»FATMA!«, knurrte sie ungehalten »Wenn die uns kriegen, hilft uns auch ein vermaledeiter Eimer nicht weiter. Wir müssen weg. Jetzt!«

»T. Wir bekommen ein Problem. Eines, das ziemlich sauer aussieht. Es kommt jetzt direkt auf die Gartentür zu.« »O fuck. Auf was habe ich mich da bloß eingelassen. Lizzy, kümmer dich um diese Verrückte hier. Ich schalte den Typ aus«, kommandierte sie im Befehlston, griff sich dabei den Spaten.

Lieber Gott, sie musste völlig übergeschnappt sein, um sich auf so etwas einzulassen. Im Hintergrund konnte sie Fatma hören, die ein glückliches »Ich hab einen gefunden!« von sich gab, während Liz mit einem »Wir haben keine Zeit, um nach Fischen zu angeln!« prostestierte.

T nahm breitbeinig einen sicheren Stand ein und hob den Spaten gerade soweit in die Luft, um Schwung zu holen. Das Kniffelige dabei war, den Mann nur schachmatt zu setzen, ihm dabei jedoch nicht versehentlich den Schädel einzuschlagen. Ihre Hände waren vom Angstschweiß nass, zitterten. Konzentriert wartete sie ab, bis der Koloss von einem Mann behände über das Gartentor geklettert war. Sie nutzte den Moment, in dem er nach seiner Waffe griff, um zuzuschlagen. Gänzlich geräuschlos ging der muskelbepackte Mann zu Boden.

»Super. Ich wollte schon immer mit einem Bein im Knast stehen. Andererseits bin ich vermutlich mausetot, wenn du mich je in die Finger kriegst!«, grummelte sie verärgert vor sich hin, die Finger prüfend am Puls des Mannes. Während sie sich erhob, kamen bereits die beiden Frauen auf sie zu gelaufen. Ungläubig wanderte ihr Blick dabei zwischen den Frauen und einem großen Eimer hin und her, in welchem sich etwas bewegte.

»Darf ich vorstellen, Fritzchen. Und bevor du fragst; es war nicht meine Idee, diesen Koi zu entführen. Fati weigert sich, ohne ihn zu gehen«, erklärte Liz verstimmt, schob sich dabei, mit den Achseln zuckend, an ihr vorbei durch die Gartentür hinaus, die sie soeben geöffnet hatte.

»Ich bin in einem Irrenhaus gelandet. Das kann doch anders nicht mehr erklärbar sein ... Ihr Beide habt doch nicht mehr alle Latten am Zaun ...«, schimpfte T vor sich hin, um im Anschluss beide zu überholen.

Nur mühsam gelang es ihr, sich zu beruhigen. Den unverschlossenen Kofferraum öffnend, sinnierte sie über ihren Geisteszustand.

»Der Koi ist meine Mitgift. Ohne ihn gehe ich nicht mit. Lieber lasse ich mich erschießen!«, verteidigte sich Fatma, zu neuem Leben erwacht, mit wackeliger Stimme.

Vermutlich würde sie den Anblick der nur noch teilverschleierten Türkin, die, wie um ihre Worte zu verstärken, mit den Füßen stampfte, ihr ganzes Leben lang nicht mehr vergessen können. Ihre Augen begegneten denen von Liz, die augenrollend der Türkin in den Kofferraum half. Der Türkin folgte der Fisch im Eimer, um den sie sich, wie um ein Baby, in Löffelchenstellung schmiegte.

»Völlig absurd!«, formte Liz lautlos.

»Irre. Total Irre!«, bejahte sie, mit einem festen Nicken.

Die Souveränität, welche T an den Tag legte, ließ Liz staunen. Sie kam sich vor wie in einem James Bond Film. Nur, dass Daniel Craig weder über platinblondes Haar, noch über Brüste oder Piercings verfügte.

Völlig automatisch trugen sie ihre zitternden Beine zur Beifahrertür und schließlich auf den Sitz, wo sie zeitgleich mit T nach dem Sicherheitsgurt angelte. Das Blut rauschte ihr in den Ohren, untermalt von den leisen Schnarchgeräuschen von Mops und Kind, sowie Benjamin Blümchen, der erneut zu einem ‚Törö' loslegte. Ihr lautes, erleichtertes Seufzen erklang synchron mit dem von T. Das erleichterte Lachen, das in ihrem Inneren empor wallen wollte, blieb ihr jedoch mit einem einzigen Wort im Halse stecken.

»FUCK!« T's absolutes Lieblingsschimpfwort ließ sie vor Schreck den Kopf nach oben reißen, wo sie durch die Frontscheibe zwei der Sicherheitsmänner aus der Tür der Villa rennen sah. Unter weiteren derben Flüchen versuchte ihre Freundin hektisch, den Schlüssel ins Zündschloss zu stecken.

»Wenn du jetzt den Motor startest, wissen sie, dass wir Fatma haben!«, entwich es Liz unnatürlich ruhig.

Entschlossener, als ihr zumute war, gelang es ihren ungelenken Fingern, ihre Bluse zu öffnen, wobei sie einen der Knöpfe einbüßte.

»Lass mich das einfach machen, okay, T? Du kannst sie immer noch überfahren, wenn es nicht funktioniert«, stieß sie atemlos aus, wobei sie, unter den mehr als skeptischen Blicken ihrer Freundin, den so entstandenen Ausschnitt in Position brachte. Man sah verboten viel von der roten Lochspitze ihres BHs. Verrucht genug und, auch wenn sie nicht gerade über viel Busen verfügte, hoffentlich etwas ablenkend. Im Gegensatz zu Mrs. T, an deren Aussehen ihre Augen hängen blieben. Alleine der Totenkopf auf ihrem Adamsapfel verbreitetet bereits eine gefährliche Ausstrahlung, von den Piercings in Augenbraue, Unterlippe und Nase ganz abgesehen.

»Vielleicht könntest du zumindest deine Bluse zumachen und weniger ... «*... Gefährlich aussehen!* Hatte sie sagen wollen, beließ es jedoch bei einem gezischten »Himmel, lächle einfach T!«

Im selben Moment, in dem die grobschlächtigen Männer auf das Auto und somit auf die beiden Frauen aufmerksam geworden waren, verschwand ein Teil von Lucys schreiendpinkfarbenen Hubabuba Kaugummi hinter Lizs Lippen. Blasen pustend, öffnete sie das Beifahrerfenster.

»Gott, ich hoffe, du weißt, was du da tust ...«, murmelte T, die dabei den Eindruck machte, unsichtbar sein zu wollen. Tatsächlich konnte sie es ihr nicht verdenken, arbeitet jedoch bereits fieberhaft an der Problemlösung.

»Was haben wir für ein Glück, auf zwei so gut gekleidete Herren zu treffen!«, flötete sie, lasziv Kaugummi kauend, aus dem Fenster.

Statt vor dem wütend roten Gesicht oder den großen, wie Pranken wirkenden Händen ihres Gegenüber zurückzuweichen, zwang sie sich, mit den Fingerspitzen über den ihr fremden, mit einzelnen schwarzen Haaren gespickten Handrücken zu streichen.

Wie vom Blitz getroffen, wurde die Hand zurückgerissen. Knoblauchgeschwängerter Atem traf auf Lizs Nase.

»Wo sie ist?«, knurrte der Mann, den sie zuckersüß lächelnd ignorierte, obwohl ihr Magen bereits empfindlich krampfte. Gab es in Hamburg Vampire? Wie viel Knoblauch war nötig, um so danach zu stinken?

»Sie können uns nicht zufällig sagen, wo wir den Harvestehuder Weg 97 b finden?«, säuselte sie mit klimpernden Wimpern, um im Anschluss eine große Kaugummiblase zu fabrizieren, die mit einem leisen ‚Plop' auf ihrer Oberlippe zerplatzte.

Der Mann drehte sich zu seinem Partner um, welcher das Auto bereits zur Hälfte umrundet hatte. Fremdsprachige

Wortfetzen drangen an ihre Ohren. Vermutlich Türkisch. Sie schluckte krampfhaft und versuchte, nicht auf die unschöne Beule an der Stirn des anderen Mannes zu starren, der Mrs. T unverhohlen aus finsteren Augen begutachtete. Wenn der Kerl ihre Freundin erkannte, waren sie sowas von erledigt.

»Wo sie ist?«, erklang es erneut, nur lauter, an ihrem Fenster.

»Es heißt: ‚wo ist sie'!«, erklärte Liz dem Mann flirtend, der ihr jetzt so nahe war, dass sich ihre Nasenspitzen fast berührten. Alleine dem Kaugummi war dabei zu verdanken, dass sie nicht würgen musste.

»Wen suchen Sie denn überhaupt?«, flötete sie übertrieben freundlich und erntete ein ziemlich säuerliches, ungeduldiges: »Ich sagen, wo sie ist?«

»Okay. Jetzt hören Sie mal. Wir kommen in Teufelsküche, wenn wir noch eine Weile hier unsere Zeit vergeuden. Wie Sie anhand der Werbung auf unserem Auto lesen können, arbeiten wir für Gung Cuan Chau. Unter uns gesagt, verdient sich unser Chef etwas Geld dazu, indem er Delikatessen vertickt, äh, also verkauft. Im heutigen Fall sehr leicht verderblichen Kugelfisch, den wir an den Harvestehuder Weg 97 b, ausliefern sollten ... Wir haben Niemanden gesehen!«, erklärte sie dem Mann, ohne irgendwelche Pausen beim Reden zu machen.

Immer so nah wie möglich bei der Wahrheit bleiben, Sugar!, hörte sie Stuart in ihrer Erinnerung erklären. Das Gesicht des Mannes sah aus, als wolle ihr dieser jeden Moment den Hals umdrehen. Der Sicherheitsmann auf T's Seite begann, erregt zu diskutieren, während sein Partner wortkarg dagegen hielt.

»Hey Mann, jetzt ist es aber gut! Sie müssen den Fischgestank doch riechen? Ich kann Ihnen auch gerne den Kofferraum öffnen, damit Sie auch mal einen Kugelfisch gesehen haben!«, mischte sich ihre Freundin ungehalten ein und deutete an, wenn nötig auszusteigen. Die Männer diskutierten mit wilden Gestiken miteinander.

»Ansonsten wären wir Ihnen jetzt sehr dankbar, wenn wir diese elende Hausnummer finden dürften, bevor der Fisch verdirbt! Capito?«, sagte T, die Stimme ärgerlich erhoben, wobei sie entschlossen den Schlüssel im Zündschloss drehte. Der alte Kombi erwachte tuckernd zum Leben.

Liz wollte schreien. Lähmende Angst nahm Besitz von ihr, ließ ihren Körper erstarren. Der Kaugummi nahm ihr die Luft zum Atmen, während sie auf die Pistolenschüsse wartete, die jetzt zwangsläufig kommen mussten. Oder nicht? Lieber wollte sie erschossen werden, als mit Betonschuhen in der Alster versenkt werden. Sie kam sich vor wie eine Puppe. Denn, obwohl sie ein freundliches Sonntagslächeln zur schau trug, trotz der geöffneten Augen, nahm sie ihr Umfeld nicht wirklich wahr! Ihre Gedanken drehten sich wie eines dieser schnellen Karussells auf den Jahrmärkten. Wie würde ihre Tante auf ihren Tod reagieren? Jetzt, wo sie hatte heimkehren wollen. Ob Stuart wenigstens ein bisschen um sie trauern würde? Wohl eher nicht. Immerhin hatte sie ihm absichtlich das Herz gebrochen. Nein wenn sie ehrlich war, hatte sie sein Herz eher pulverisiert. Warum passierte immer ihr so etwas? Was würde aus Lucy und Brutus werden? Würden die Männer Fatma und den Koi auch sofort ermorden?

Plötzlich vernahm sie lautstarkes Schimpfen. Zumindest nahm sie an, dass es ein Schimpfen war. Die wild gestikulierenden Hände sahen jetzt aus, als würden sie lästige Insekten vertreiben. Als sie sich hustend aus ihrer Starre löste, trat T das Gaspedal durch.

»Bist du eigentlich lebensmüde, T? Du kannst diesen Kerlen doch nicht anbieten, den Kofferraum zu öffnen!«, brüllte sie ihre Freundin, den Motorenlärm übertönend, an, die es ziemlich eilig hatte, und weit über die erlaubten 30km/h fuhr. »Du kannst ganz ruhige sein, Mrs. Kugelfisch! Etwas Blöderes ist dir wohl nicht eingefallen? Außerdem ist doch deine Rede immer, so nahe wie möglich an der Wahrheit zu bleiben.«

»Ja, schon ... Aber was hättest du getan, wenn der Kerl wirklich darauf eingegangen wäre, Clyde!«

T lachte trocken auf. »Och ich hätte getan, was du mir geraten hast, Bonnie. Ich hätte die Kerle überfahren!«

Vor Erleichterung mussten sie beide so sehr lachen, dass Brutus auf der Rückbank aus dem Schlaf schreckte und sofort laut jaulend in ihr Lachen einstimmte. »Oh Mann, wer braucht schon Bonnie und Clyde, wenn er uns hat!«, entwich es T, nach Luft ringend.

Neuanfang mit Hindernissen

Rückblickend, war der Rest ihrer schnellen Abreise besser verlaufen als erhofft. Liz war mit Brutus und dem Koi, wie geplant, direkt zum Tierarzt gefahren, wo sie die nötigen Dokumente für Schottland erhalten hatte, samt einem Transportgefäß für den Koi. Wobei sie für Letzteres wirklich das Blaue vom Himmel hatte lügen müssen. Vermutlich war ihr schlechtes Karma dadurch endgültig Höllen-tauglich geworden.

An T war diese Aktion vorbei gegangen, da diese zur selben Zeit mit Fatma diverse Bekleidungsgeschäfte abklapperte, was unter Garantie höchst amüsant abgelaufen war. Die junge Türkin konnte ja schlecht im Evakostüm nach Schottland durchbrennen. Zudem war eine Burka nicht gerade unauffällig.

Da Fatma mit größter Wahrscheinlichkeit bereits gesucht wurde, schied auch ein Besuch bei ihrer Mutter aus. Ein »Hallo Frau Özgür. Meine verrückte Freundin und ich haben Ihrer Tochter, die im Übrigen ihren Zukünftigen mit dem Koran k o geschlagen hat, zur Flucht verholfen. Wir setzen uns nach Schottland ab. Können wir ihre Habseligkeiten mitnehmen?« kam ebensowenig in Frage.

Zu ihrem Leidwesen hatte bislang keiner der Beiden etwas von der Shopping-Tour erzählen wollen. Liz sah es als glückliche Fügung des Schicksals an, dass Fatma wenigstens über sämtliche wichtigen Papiere verfügte, die zudem die nötige Gültigkeit besaßen. Nicht auszudenken, wenn dies nicht der Fall gewesen wäre. Obwohl sie ziemlich sicher war, dass T auch hier eine Möglichkeit aus dem Ärmel geschüttelt hätte.

Seufzend blieb ihr Blick an ihrer großen Freundin hängen, deren Rückenmuskeln sich deutlich unter dem engen Batik-Shirt abzeichneten, während sie einen Koffer nach dem anderen vom Gepäckband angelte.

Der Flug war völlig normal abgelaufen. Es gab Niemanden, der sie an ihrer Abreise gehindert hätte. Keine Verfolger, die es abzuschütteln galt. Warum kam ihr trotzdem alles viel zu einfach vor?

Fröstelnd zog sie die Strickjacke enger um sich, und um Lucy, die ihre Nase tief in die flauschige Wolle vergraben hatte. Da saß sie nun, am Edinburgher Flughafen, mit zwei Koffern, in denen ganze sieben Jahre Leben verpackt waren.

»So viele Jahre, und nichts als Blessuren. Die Frage an sich ist doch; wie bringe ich meiner Tante bei, dass ich weitere drei Mäuler zum Stopfen mitbringe?«, murmelte sie, die Lippen zärtlich im Haarschopf des Kindes.

Bald türmte sich das ganze Gepäck auf dem Gepäckwagen, auf dessen Spitze Lucy saß, als wäre es ein Thron.

»Der Teddy in ihrem Arm sieht aus, als hätte sie ihn im Schwitzkasten«, witzelte T, die ihrer Tochter dabei ein liebevolles Lächeln schenkte. Liz musste sich schwer zusammen reißen, um nicht ein ‚*Der Apfel fällt nicht weit vom Stamm*‘ einzuwerfen.

Die fröhliche Erleichterung hielt allerdings in ihrem Fall nicht lange an. Am frühen Morgen war noch nicht ganz so viel los auf dem Edinburgher Flughafen, vielleicht hatte er auch einen seiner vielen Verbindungen spielen lassen. Jedenfalls stand Stuart Ferguson in voller Größe mit dem Range Rover des Pubs vor dem Parkhaus, um sie abzuholen.

»Nun sieh dir mal das Sahneschnittchen an!«, sagte T, verbesserte sich, nach einem Blick zu ihr, jedoch mit einem »Tolles Auto!«

Liz konnte nicht verhindern, dass ihre Gesichtszüge entgleisten, genausowenig, wie sie das in ihren Ohren viel zu laute »Mist!« hatte zurückhalten können. Da sich die Schriftzüge von ‚The Pub' gut erkennbar von der Farbe des Autos abhoben, ließ sich auch nicht vermeiden, das sie diese Richtung einschlugen.

»Stimmt irgendetwas mit diesem Kerl nicht? Ich frage nur, damit ich weiß, woran ich bin«, hakte T nach und hielt sie für einen Moment am Ärmel fest.

Natürlich hätte sie jetzt sagen können, dass dies nicht irgend ein Sahneschnittchen war, das da so überaus sexy am Jeep stand und mit seinen Zigaretten beschäftigt war. Dann hätte sie sich aber auch eingestehen müssen, dass ihr Herzschlag geradewegs auszusetzen schien, oder das ihre Hände urplötzlich schweißnass waren. Stattdessen tat sie nichts dergleichen. Sie antwortete T noch nicht einmal. Es war schließlich auch nichts Besonderes passiert. Zigaretten selber drehen hatte absolut nichts an sich, das sexy war. Dennoch kannte sie jede seiner Bewegungen in- und auswendig, hatte sie viele Male gesehen. Warum also machte ihr das auf einmal so zu schaffen? Da stand lediglich ein großer Mann von schottischer Herkunft, in T-Shirt und dreckigen Bluejeans, mit feuerroten Chucks an den Füßen. Stuart trug seine kastanienbraune Haare jetzt lang, hatte sie zu einem Pferdeschwanz gebunden.

Ihre Augen folgten seinen markanten Gesichtszügen zu seinen sinnlichen Lippen, zwischen denen just seine Zunge erschien, die bedächtig über das Filterpapier leckte, was in ihrem Kopf Bilder von eben jener Zunge und diesen Lippen erscheinen ließ, die sie versucht hatte, zu vergessen. Ihr war fast, als spüre sie eben diese bereits unerträglich neckend auf ihrer Haut. Einen Lidschlag lange rann ein prickelndes

Schaudern ihre Wirbelsäule entlang. Ausgerechnet diesen Moment hatte Stuart sich ausgesucht, um aufzusehen.

Ihre Blicke trafen sich über die kurze Distanz. Liz konnte sehen, wie sich seine braunen Augen weiteten, als er sie erkannte. Ertappt schlug sie die Lider nieder, kam dabei ins Straucheln. Ein Gefühl, als hätte sie einen Stromschlag abbekommen, nahm von ihr Besitz. Wie peinlich war das denn? Sie konnte nicht sagen, ob er sich die Zigarette, wie früher, hinters Ohr gesteckt hatte. Weil sie es nämlich nicht wagte, ihn noch einmal genauer unter die Lupe zu nehmen.

»Ich hatte nicht damit gerechnet, mehr als eine Person abzuholen«, entschuldigte sich seine dunkle, warme Stimme bei ihnen. Wie selbstverständlich fing er an, die Koffer einzuladen, ohne einen weiteren Kommentar. Beim Versuch, ihm ihren Koffer zu übergeben, berührten sich kurz ihre Fingerspitzen. Jetzt löste sich tatsächlich elektrische Spannung in einem leichten Schlag und ließ sie beide sichtbar zusammenzucken.

»Hallo Stuart«, hauchte sie, sah ihn dabei jedoch immer noch nicht direkt an. Das hart ausgesprochene »Elizabeth« hatte sie ebensowenig erwartet, wie den fast körperlichen Schmerz, den sie dabei empfand. Was hatte sie erwartet? Einen roten Teppich? Rosen? Himmel, sie war es, die diesem Mann das Herz gebrochen hatte. Warum sehnte sie also jetzt, nach all der Zeit, ein herzliches ‚Hallo' herbei? Seine Hände waren ihr so vertraut. Es fiel schwer, diese nicht weiter anzustarren. Liz wusste, dass ihre helle Hand, mit den zierlichen Fingern, zur Gänze in seiner, von der Arbeit braungebrannten, Hand verschwinden würde. Wie oft hatte sie die kleine Narbe, die er sich an einer zu scharfen Sense zugezogen hatte, liebkost. Wie viele Male hatte er sie ihrer hellen Hautfarbe wegen aufgezogen, ihre

Sommersprossen gezählt und ihnen Namen gegeben. So oft hatte seine Jacke ihnen beiden Schutz gegen Wind und Regen geboten. War es nicht idiotisch, dass ihr gerade in diesem Moment bewusst wurde, wie sehr er ihr gefehlt hatte? *Nur nicht Weinen, Liz!*, redete sie im Stillen auf sich ein.

Stuart war männlicher geworden. Doch die liebenswerten Kleinigkeiten schien er beibehalten zu haben. Noch immer waren seine Fingernägel kurz und gepflegt. Man sah ihnen nicht an, dass ihr Besitzer ein Landschaftsgärtner war, dem es Spaß bereitete, in der Erde zu graben, ohne dabei Handschuhe zu tragen.

Es sah ihm ähnlich, dass er seinen Ehering weder am Finger, noch an einer Kette um den Hals, offen zur Schau trug. Seltsamerweise beunruhigte sie das zutiefst. Denn sie wollte nicht in Versuchung kommen. Sie durfte nicht schwach werden. Wenn sie das wurde, würde das Einzige, was ihr mehr bedeutete, als alles andere auf der Welt, in Gefahr geraten. Instinktiv wusste Liz ganz genau, dass einer wie Hanno nicht aufgeben würde. Irgendwann würde der Mistkerl sie finden, und sie wollte nicht, dass ausgerechnet Stuart dabei zwischen die Fronten geriet. Mühsam schluckte sie den Kloß, den sie sich in ihrem Hals einbildete, hinunter, zwang sich, nicht an diesen Männerkörper zu denken, auf dem sie jeden Millimeter Haut kannte. Verdammt. Unvermittelt stieg ihr der Duft ‚Cool Water' von Davidoff in die Nase. Warum musst er ausgerechnet dieses Parfüm benutzen?

Alans Nachricht von seiner Hochzeit hatte fürchterlich wehgetan. *Elizabeth Camille Conner, du bist eine ganz schreckliche Frau! Nur, weil du keinen Mann fürs Leben findest, heißt das noch lange nicht, dass Stuart nicht glücklich werden darf. Mieses Karma,*

Lizzy! Du lädst dir jede Menge neues mieses Karma auf die Schultern, schimpfte sie in Gedanken mit sich selbst.

Stuart hatte diesen Moment so oft in Gedanken durchgespielt. Wie viele Nächte war er wach gelegen, hatte sich ausgemalt, wie er Liz schütteln, sie anschreien würde. Wenn er an die viele vergeudete Zeit dachte, die er mit dem Schmieden von Racheplänen verbracht hatte, kroch unbändige Wut in ihm empor. Gott war sein Zeuge, er hatte davon geträumt, Elizabeth Camille Conner wie ein ungezogenes Kleinkind übers Knie zu legen und ihr den Hintern zu versohlen. Gehasst hatte er sie. Aus tiefstem Herzen verflucht.

Und jetzt? Jetzt wo die Frau, der er zu verdanken hatte, dass er zu keiner richtigen Beziehung mehr fähig gewesen war, vor ihm stand, bröckelte bereits der Verputz von der Schutzmauer, die er um sein Herz gebaut hatte. Was war er nur für ein Narr! Wie hatte er mit dem Gedanken spielen können, ausgerechnet Liz wehtun zu wollen? Alles an ihr schien unendlich zerbrechlich. Die Blässe ihrer Haut, die ihm immer edel vorgekommen war, wirkte noch heller als früher. Fast kränklich. Selbst die Sommersprossen, die, wie er nur zu genau wusste, ihren ganzen Körper bedeckten, hatten ihre Ausdrucksstärke verloren. Die Strickjacke, die sie trug, hatte schon bessere Zeiten gesehen und hing so locker an ihr, dass sie diese ganz sicher zweimal um ihren Körper hätte wickeln können. Einzig allein die feinen Stoffbahnen eines knallroten Schals, den sie um den Hals trug, und ein kurzer bunter Rock, verliehen ihrem Teint wenigstens etwas Farbe.

Der Schal war verrutscht, und offenbarte ihm eine unschöne, frische Narbe entlang des rechten

Kieferknochens. Erschüttert bis ins Mark, versuchte er, nicht wie gebannt darauf zu starren. Stattdessen blieb er an ihren fest aufeinander gepressten Lippen hängen, die keinerlei Freude über ihre Begegnung zeigten.

»*Wenn ich wirklich Schneewittchen wäre, und du der Prinz, Stu. Würdest du mich wachküssen? Los, sag schon?*« »*Klar, würde ich. Ich würde für dich das Schwert aus dem Stein ziehen und durch die Hölle marschieren, nur um dich zu retten, o holde Cami!*« »*Du vermischt wieder sämtliche Märchen, Stu! Beweis es ...*«

Merde. Sie hatte so ein wundervolles, ansteckendes Lachen besessen. Die Erinnerung an den Kuss, den er ihr gegeben hatte, war wie der komplette Entzug von Sauerstoff bei einem Schwelbrand. Seiner Wut ging die Kraft aus, aber dennoch wandte er sich entschlossen von ihr ab, auch wenn sein Kopfkino nicht aufhörte, ihn zu verspotten.

»*Stuart Ferguson das ist kein Kuss, das ist eine Katastrophe. So wacht unter Garantie keine Prinzessin auf. Sie fällt höchstens ins Koma. Du wirst üben müssen ...*« Liz's leise, wenn auch gut hörbaren, Proteste machten die Bilder einer glücklichen Kindheit mit der Wirkung eines Vorschlaghammers zunichte.

»... für dich wäre es auf dem Beifahrersitz viel bequemer, T. Du bist doch wirklich viel zu groß, für ... «

»Hast du irgend ein Problem mit Mister Charming? Was läuft da zwischen euch?«

»Nicht so laut! Er kann dich sonst hören! Nichts. Es läuft nichts zwischen uns.«

»Seltsam. Dieses Nichts fühlt sich an, als wäre die Luft vor lauter Spannung geladen ...«

Stuart beobachtete aus den Augenwinkeln, wie die große, maskulin wirkende Frau sich an Liz vorbei schob, um im Fond des Jeeps Platz zu nehmen. Er hatte zwar nicht alles verstanden, was die beiden miteinander redeten, verstand aber einige Brocken Deutsch, da Hildegard, Liz's deutsche Mutter, ihm sehr oft Wörter beigebracht hatte. Außerdem musste man kein Hellseher sein, um in Liz's bleichem Gesicht lesen zu können. Allein, wie sie kämpferisch das Kinn in die Luft reckte und so voller Trotz, wenngleich mit seltsam unkoordinierten Schritten, auf das Auto zukam. Herrje, sein Puls war kurz vor dem Explodieren.

Das Öffnen der Beifahrertür unterbrach seine Überlegungen jäh. Ohne ihn eines Blickes zu würdigen, stieg sie ungelenk, da durch den Mops behindert, den sie unter den Arm geklemmt hatte, in den Jeep ein. Da sie ziemlich klein an Statur war, und der Jeep relativ hoch, konnte Stuart ungeniert einen großzügigen Blick auf ihre durchtrainierten Beine riskieren. Bis auf ihren gemeinsamen Abschlussball, hatte Liz nie einen Rock getragen. Einen Wimpernschlag lange erhaschte er dabei freie Sicht auf ihr mit einer Gelenkmanschette versehenes Knie. Die Erkenntnis traf ihn wie ein Faustschlag ins Gesicht. Das, was er als unkoordiniert empfunden hatte, war ein unterdrücktes Hinken gewesen! Es gelang ihm nicht, das Gedankenkarussell auszuschalten, das diese Tatsache in ihm in Gang setzte.

Beiläufig strich er, zwischen dem Schalten in den nächsten Gang, dem Streicheleinheiten fordernden Mops über das drahtige Fell.

»Alan hat gesagt, der Pub läuft nicht gut?«, drang Liz Stimme durch das genussvolle Brummen des Hundes, in dessen Fell sich ihre Finger nun ebenfalls streichelnd bewegten. Bevor sie ihn berühren konnte, legte er die Hand ans Lenkrad.

»Aye«, antwortete er knapp.

»Was genau stimmt denn nicht?«

Beabsichtigt oder nicht, Liz hatte es schon immer verstanden, mit dem Finger in einer offenen Wunde zu bohren.

»Kundschaft«, stieß er unwillig aus, was dafür sorgte, dass sie ihn nun durchdringend ansah.

Verflucht, er hatte vergessen, wie blau ihre Augen waren. In seinem Kopf nahm das kalte, tiefblaue Wasser des Lochindorbs Gestalt an, wo zwei engumschlungene, nackte Körper im eisigkalten Wasser trieben.

Seinen guten Reflexen hatte er zu verdanken, dass er das Tier, Hase oder Fasan, nicht überfuhr, das über die Fahrbahn rannte. Er hätte besser zuhören sollen, dann hätte William sich mit diesen Damen abgeben müssen.

»Kundschaft? Ich hatte dich nicht so wortkarg in Erinnerung, Stuart«, hielt sie ihm entgegen.

Bevor er überhaupt wusste, was er tat, war die Glut seiner Wut neu entfacht, und er machte sich Luft.

»Tatsächlich? Mir war nicht bewusst, dass sich eine egoistische Zicke für die Belange abgelegter Clan-Angelegenheiten interessiert! Warum, zum Teufel, kommst du plötzlich zurück?«

Seine Finger umklammerten das Lenkrad derart fest, dass sich die Fingerknochen unnatürlich weiß unter seiner Haut abzeichneten. Genau genommen, hatten sie dieselbe Farbe wie Liz's Gesichtszüge, stellte er fest. Doch weder diese, noch die plötzliche Totenstille im Auto, brachten ihn dazu, einfach die Klappe zu halten.

»Mrs. Supertanzstar dachte wohl, sie kommt nach Hause, um mit einem Wunder den Pub wieder zu beleben. Da muss ich die feine Lady enttäuschen. Es gibt keine Zimmer zu vermieten, da das Geld zum Sanieren fehlt. Neueröffnete

Fastfoodketten kosten uns die Laufkundschaft, und, da die Stars des Pubs nicht mehr zusammen musizieren, Sugar, ist der Laden wie leer gefegt. Es gibt allerdings ein bescheidenes Angebot der Campbell Brüder. Es fehlt nur noch deine und Marjories Unterschrift! War dir das ausführlich genug, Elizabeth?«, stieß er, nach Atem ringend, aus.

»Ich schätze, das habe ich verdient!«, entgegnete sie ruhig, für seinen Geschmack viel zu ruhig. Die Elizabeth, die er kannte, die er geliebt hatte, wäre niemals so gefasst sitzen geblieben. Seine Cami, wie er sie liebevoll genannt hatte, hätte ihn geohrfeigt und ihm sämtliche Schimpfworte an den Kopf geworfen, die sie kannte. Früher wenn sie sich gestritten hatten, waren schon mal Bücher oder Geschirr geflogen. Niemals hätte sie sich in mitten einer hitzigen Diskussion von ihm abgewandt, um aus dem Fenster zu starren, so wie sie es gerade eben tat. Langsam aber sicher machte sie ihm Angst.

Ihr lautes Räuspern ließ ihn sichtlich zusammenzucken. »Warum bist du überhaupt noch im Team des Pubs? Was ist mit deiner Musik?«, erklang ihre Gegenfrage, frei von Tränen oder Wut.

»Verdammt! Hast du mir überhaupt zugehört? Hast du verstanden, was ich dir eben gesagt habe?«, fuhr er sie, innerlich bebend, an.

»Aye. Ich bin weder Solarium-Blond, noch minderbemittelt. Bei dir bin ich mir da gerade allerdings nicht so sicher. Was ist also aus deinem Plattenvertrag geworden, Stuart?«

Als ob es hier um ihn ginge! Das war doch der Gipfel der Unverfrorenheit. Er kannte diese elende Frau in- und auswendig. Jetzt gerade hatte er sie in eine Ecke gedrängt und sie wand sich wie eine Schlange, lenkte gekonnt von sich selbst ab. O nein. Elizabeth Camille Conner würde nur über seine Leiche erfahren, dass er die Chance seines Lebens sausenlassen hatte, wegen seiner idiotischen, unerfüllten Liebe zu ihr.

Er war mehr als froh, dass bereits der Kreisverkehr vor Grantown on Spey in Sicht kam. Ihr sanft gewispertes »Stu?« gab ihm den Rest.

»Nichts!«, erwiderte er, barscher als beabsichtigt, und warf ihr tonlos, ohne Worte, alles an den Kopf, was er ihr schon immer hatte sagen wollen: *Nichts. Weil die einzige Person, die mir Mut machen konnte, die mich zu meinen Songtexten inspirierte, und die mich zu einem besseren Menschen gemacht hatte, nicht mehr da war! Du hast mich im Stich gelassen!*

Es hätte nicht viel gefehlt, und sie wären aus der Spur im Kreisverkehr geschossen. Im Moment überschritt er sämtliche Geschwindigkeitsbegrenzungen. Blieb zu hoffen, dass Brian Dienst hatte. Blut war immer dicker als Wasser, und ein Bruder bei der Polizei schadete nie. Die Reifen des Jeeps quietschten unnatürlich laut, als er am Wee Puffin, ihrem ehemaligen kleinen Lieblingsrestaurant, vorbei brauste, um dann gerade noch die Kurve in die Seitenstraße nach dem Supermarkt hinzukriegen. Er konnte Anni Nichols erkennen, die ihm entgeistert nachsah, die Einkaufstüte fest umklammert. Dougie Buchanan wäre fast als Kühlerfigur geendet, als er den Fußgängerübergang ungebremst überfuhr. Merde. Das würde noch für Gesprächsstoff sorgen, so viel war sicher. Schließlich kannte in so einem kleinen, abgelegenen Ort jeder jeden.

Auf dem grobgeschotterten Parkplatz zum Pub legte er eine Vollbremsung hin, die alle im Auto durchschüttelte, und Schotter in die Luft spritzen ließ wie Schlammtropfen. Ohne weitere Kommentare, riss er die Autotür auf, knallte sie hinter sich wieder zu. Als wäre der Leibhaftige hinter ihm her, eilte er davon.

»So viel zu: ‚Du bist über sie hinweg'. Von wegen!«, beschimpfte er sich selbst, die Hände zu Fäusten geballt.

»Das nenne ich mal einen Abgang. Hat ganz schön Feuer im Blut, der Kerl.«

»Mir ist nicht nach deinen Sprüchen zumute, Theresa!«, entgegnete Liz gereizt. Unsanft setzte sie dabei Brutus vor der geöffneten Autotür ab, um diese dann ebenso laut zuzuwerfen, wie Stuart es getan hatte. Dieser schottische Sturkopf. Was, um alles in der Welt, hatte er getan? Oder sollte sie sich besser Fragen, was hatte er nicht getan? Er konnte doch unmöglich so dumm gewesen sein, den Vertrag nicht zu unterschreiben?

Vor ihren Augen drehte sich alles. Liz fühlte sich auf einmal kraftlos und leer. Taumelnd lehnte sie sich gegen den Jeep. Sieben Jahre war es her, dass Liz Stuart angelogen hatte. Absichtlich und berechnend, hatte sie den Menschen, der ihr alles bedeutete, so tief verletzt, wie man einen Mann nur verletzen konnte. Was für eine Ironie des Schicksals, sollte genau dies alles umsonst gewesen sein! Stuart, der junge talentierte Musiker, und sie, der aufsteigende Stern am Tanz- und Gesangshimmel. Die Stars, die dafür sorgten, dass der Pub immer gut mit Gästen gefüllt war. Es war ihr nicht fair vorgekommen, Stuart's Talent zu vergeuden, um als schlecht bezahlter Landschaftsgärtner im elterlichen Betrieb und als Wochenendmusiker seinen Lebensunterhalt zu verdienen. Schon als kleines Mädchen hatte sie zu ihm aufgesehen, ihn angehimmelt. Sich schützend vor ihn gestellt, wenn alle Welt ihn wegen seiner Träume ausgelacht hatte.

Der fürchterliche Unfall ihres Vaters hatte alles zerstört. Von einem auf den anderen Tag war ihr Leben zu einem Desaster geworden. Weder ihre Mutter, noch sie selbst, hatten seinen Tod verkraften können. Der einzige Ausweg für ihre Mutter schien ihre Heimat Deutschland zu sein, um mit dem Verlust fertig zu werden, und so folgte sie dieser nach Hamburg. Ihr kam dies mehr als gelegen. Liz hatte ein Stipendium an der Musical-Schule in Hamburg erfunden, um vom eigentlichen Grund abzulenken. Einer Schwangerschaft in der 10 Woche, die sie Stuart ebenso verschwiegen hatte.

»Bist du okay, Lizzy?«

T's Frage holte sie aus der Erinnerung an eine schmutzige Hamburger Supermarkttoilette zurück, dem Ort, an dem sie ihr ungeborenes Baby ebenso verloren hatte, wie den Rest ihres kaputten Herzens.

»Ich frage nur, weil da jemand in der Tür zu diesem Pub steht, der uns beobachtet.«

Alarmiert folgte sie T's Blick, und fand sich Auge in Auge mit einer älteren Ausgabe von William wieder, der selbst aus der Entfernung eine bedrohliche Aura ausstrahlte. Die unausgesprochene Wahrheit war, dass sie und er nie gut miteinander ausgekommen waren, was sich mit Sicherheit seit ihrem nicht gerade rühmlichen Abgang vor sieben Jahren nicht verbessert haben dürfte.

»Das wird ja immer besser!«

Erst Stuart, und jetzt ausgerechnet Mr. Stiernacken Conner, bei dessen kahlrasiertem Schädel sie bereits aus der Ferne Probleme hatte, sich nicht klein und schwächlich zu fühlen.

»Was sagst du, Liz?«

Sie ignorierte ihre Freundin, reckte entschlossen das Kinn in die Luft, und trottete stattdessen schicksalsergeben auf das aus der Tudorzeit stammende Fachwerkhaus zu, welches unter Denkmalschutz stand. Tief atmete sie den zitronigen Geruch der Rosen ein, die am Pub in die Höhe kletterten. Wie hatte sie vergessen können, was für eine zauberhafte Erscheinung dieses Haus hatte? Die leichte Brise ließ das aus Holz geschnitzte Schild, in Form eines Whiskyfasses, leise quietschend im Wind Schaukeln. Eine Idylle wie aus einem Schottland-Reiseführer.

»Du siehst scheiße aus, Lizzy«, begrüßte sie William, schief grinsend, was der Boshaftigkeit seiner Worte die Schärfe nahm. Unverständlicherweise schien Brutus den grobschlächtigen Mann sofort ins Herz geschlossen zu haben, da er aufgeregt wie ein Pingpongball auf und ab hüpfte.

»Aye. Und du, machst du neuerdings Werbung für Michelin Reifen? Himmel, Willy. Sind das wirklich Muskeln oder heiße Luft?«, hielt sie kämpferisch dagegen.

Unter dröhnendem Lachen schlang er die Arme um ihre schlanke Taille, wirbelte sie locker in die Luft. Ebenso abrupt setzte er sie wieder ab, da Brutus seinen Beinen zusetzte.

»Mir war tatsächlich entfallen, was für ein loses Mundwerk du hast, Lizzy. Willkommen zuhause. Der Chief lässt dir ausrichten, dass für die Mittagszeit eine Besprechung anberaumt ist.«

William, auf dessen muskulösem Unterarm Brutus mittlerweile alle vier Beine von sich streckend lag, und Töne von sich gab, die irgendwo zwischen dem Schnurren einer Katze und dem Geräusch einer Bohrmaschine lagen, musterte T unverblümt. Fasziniert stellte Liz fest, das T um eine Handbreite größer war als ihr Cousin.

Fatma und die Kleine indes suchten Schutz vor den finsteren Blicken Williams, indem sie hinter T's Rücken stehen blieben.

»Darf ich dir meine Lebensgefährtin T, ihre Tochter Lucy, und ihre Cousine zweiten Grades Fatma vorstellen. Sie sind hier, um mitzuhelfen, den Pub wieder auf Vordermann zu bringen. Vielleicht kannst du mir die Schlüssel für die Zimmer neun und zehn, sowie den zu meinem gleich mitgeben? Du verstehst sicherlich, dass wir uns erst frisch machen möchten?«

Die Lügen gingen ihr so leicht und flüssig über die Lippen, dass sie sich fragte, ob sie nicht hätte auf die Schauspielschule wechseln sollen.

»Nae, kann ich nicht. Du bist doch nie und nimmer eine vom anderen Ufer, Lizzy!«, ignorierte er den ersten Teil ihrer Bitte.

»Was macht dich da so sicher? Menschen ändern sich. Du hast doch keine Probleme mit Lesben ...«

William unterbrach sie mit einem ärgerlichen Schnauben.

»Klar. Und ich bin mit Shona MacDonald verheiratet, nenne ne eigene Fußballmanschaft mein eigen!«, konterte er trocken.

»Wirklich? Hätte ich dir gar nicht zugetraut!«

»Himmel, das war ein Witz, Lizzy. Du weißt doch noch, was Witze sind, oder? In der Zehn ist das Dach nicht ganz dicht. Dafür ist die Neun ganz okay, schätze ich. Und bevor du fragst; wir vermieten nicht mehr. Was im Übrigen keineswegs am nicht Wollen, liegt, sondern an den katastrophalen Zuständen der Zimmer. Leider lief es im Pub ohne seine Attraktionen nicht mehr ganz so gut!«, erklärte William stichelnd. Seine boshaften Spitzen trafen zielsicher ihr schlechtes Gewissen.

»Was dein Zimmer anbelangt, das hat niemand mehr betreten, seit damals. Zumindest keiner von uns«, sagte er, während sie ihm alle ins Innere des Pubs folgten. Wie William dieses ‚keiner von uns' sagte, versetzte ihrem Herz einen kurzen aber heftigen Stich, den sie sich nicht erklären konnte. Wer hatte es sonst betreten? Stuart? Nicht das auch noch! Schnell gewöhnten sich ihre Augen an das schummrige Licht, das, wie eh und je, im Pub herrschte.

Längst vergessenen Eindrücke drangen auf sie ein, hießen sie willkommen, aber ließen ihren Überlegungen dennoch keinen weiteren Spielraum. Was hatte sie sich vor diesem Moment gefürchtet? Wie sehr ihn gleichfalls herbeigesehnt?

Verstohlen kniff sie immer wieder die Lider zu, wischte heimlich einzelne Tränen aus den Augenwinkeln, die sich einfach nicht zurückhalten lassen wollten.

Die unzähligen kleinen, viereckigen und runden Tische, aus dunkel lasiertem Holz, standen noch immer so, wie damals. Selbst heute hätte sie blind ihren Weg durch dieses systematische Wirrwarr gefunden. Noch immer waren sie mit kleinen Tischdecken aus Conner-Tartan und den handgeschnitzten, mit keltischen Ornamenten versehenen Kerzenhaltern verziert. Die Kerzenhalter, ebenso wie die unzähligen Gemälde, die ringsherum die Wände und selbst die Decke zierten, stammten aus einem kleinen Ort in Deutschland, genauer gesagt aus dem Soonwald. Mole & Wolfrhine, beides, begnadete Künstler, mit welchen ihre Mutter befreundet gewesen war, hatten diese Werke erschaffen. Auf den Bänken lagen die gleichen, mit großer Mühe handbestickten Zierkissen, wie damals.

Noch nicht einmal die handgeschriebene Tageskarte auf der Schiefertafel hatte sich geändert. Gut, die krakelige Schrift darauf war, trotz Anstrengung ihrerseits, nicht wirklich als gut lesbar zu bezeichnen, aber sie hing immer noch am selben Fleck. Um wessen Handschrift es sich wohl handelte? Alans oder Murphys, schätzte sie. Lebte der alte Murphy überhaupt noch? Er musste bereits weit über siebzig Jahre alt sein. Zumindest war er ihr früher schon immer steinalt vorgekommen.

Fröhliche, bunte Landschaftsbilder wirkten zwischen den Gemälden fast deplatziert, und kamen ihr unter all dem Vertrauten gänzlich unbekannt vor.

»Die sind von Alasdairs neuer Frau«, deutete William ihren Blick richtig. »Du erinnerst dich doch an Munro? Angus, sein Vater, ist Gordons alter Schulfreund gewesen. Hat vor kurzem geheiratet. Eine Deutsche. Sehr nette Frau. Von ihr sind die Bilder. Al hat Angus' Bäckerei übernommen und beliefert uns neuerdings mit Backwaren. Sein Ziehsohn, Philipp, hilft samstags hinterm Tresen aus.«

»Tatsächlich? Aus Kildermorie, nicht?«, hakte sie irritiert nach, versuchte dabei vergeblich, das fröhliche Pfeifen ihrer Mutter zu ignorieren, welches sie sich einbildete, aus der Küche zu hören. Das antwortende Lachen ihres Vaters und die gälischen Liebkosungen brachten sie fast zu Fall. Wahnvorstellungen hatten ihr gerade noch gefehlt. Als ob sie sonst keine Probleme hätte!

»Hast du etwas gesagt, Willy?«, hob sie völlig verunsichert an.

»Nein. Stimmt etwas nicht, Lizzy?« Um Ablenkung bemüht, bückte sie sich nach nicht vorhandenen Schnürsenkeln, um ihre taumelnden Schritte zu verbergen.

»Och, ich ... ich habe Irgendetwas im Schuh«, murmelte sie, wobei sie sich angestrengt zu einem Lächeln zwang.

William beobachtete sie wachsam, fast als wüsste er, dass ihr Inneres einem Schlachtfeld glich. *Du wirst weder ihm, noch jemandem anderen aus deinem Clan, die Genugtuung verschaffen, auf die sie alle warten, Elizabeth. Du wirst nicht flennend wie ein Kleinkind zusammen brechen. Verflucht. du bist eine Conner!*, redete sie sich in Gedanken Mut zu und zog sich am alten Tresen in die Höhe. Lieber Gott, es roch sogar immer noch wie damals. Eine Mischung aus Möbelpolitur, Bohnerwachs, Essen und verschüttetem Bier stieg ihr in die Nase.

Aus der Küche drang nun deutlich das geschäftige Klappern von Geschirr an ihre Ohren, verdrängte die Einbildung. Sofort nahmen die Gestalten von Murphy und ihrer Mutter in ihrer Erinnerung Form an. Wie oft waren Liz und Stuart zum Kartoffelschälen verdonnert worden? Einträchtig hatten sie beide, mit baumelnden Beinen, auf dem alten Holztisch gesessen. Wie viel Kilo Kartoffeln hatten sie wohl als Strafe für all ihre Streiche verarbeiten müssen?

Gerührt blieben ihre Finger auf dem Holz des langen Tresens liegen, um sich dann daran entlang zu tasten. Da war die tiefe Macke vom alten Alec, der in seinem Suff eine Flasche zertrümmert hatte. Ein Stückchen weiter waren die Kratzer von Hamish Fitzgeralds Kater Barley, der es überhaupt nicht lustig gefunden hatte, auf dem Tresen vom Tierarzt untersucht zu werden. Tatsächlich hatte man sogar darüber nachgedacht, den Burschen an Ort und Stelle zu kastrieren. Der Gedanke daran ließ sie Schmunzeln. Selbst die tiefen Furchen, die Daniels Zähne hinterlassen hatten, als Stuart ihn auf das Holz geknallt hatte, um ihre Ehre zu verteidigen, waren noch gut zu erspüren.

Vor ihrem inneren Auge nahm eine vierjährige Gestalt an, die, auf einem Hocker stehend, voller Begeisterung ‚The Drunken Sailor' im Duett mit ihrem Vater sang, während sie Gläser abspülte.

Nicht Weinen, Elizabeth. Verstanden? Menschen sterben nun mal. Es ist der Lauf aller Dinge. Der Kreislauf des Lebens. Du bist nicht die Einzige, die das durchmacht. Du bist zu Erwachsen für ein Drama, das keines ist!, redete sie stumm auf sich ein.

Die Oberfläche des alten Schanktisches wies bereits wieder eine klebende Schicht auf, obwohl sie augenscheinlich frisch aufpoliert und lackiert worden war. Dieser Umstand vertiefte das müde, sarkastische Grinsen, das sie zur Schau trug. Manche Dinge waren einfach nicht zu ändern, egal, wie sehr man sich dabei abmühte.

So, wie ihr jämmerliches Leben, das sie seit dem Tod ihrer Eltern einfach nicht mehr in den Griff zu bekommen schien. Es lag nichts Romantisches oder Filmreifes darin, eine Waise zu sein. Nun gut, streng genommen besaß sie ja auch noch eine Tante und Cousins. Zählte das überhaupt?

»Völlig egal. Allein ist allein!«, nuschelte sie unverständlich. Das Gefühl von Verlust verstärkte sich, als ihre Augen über die Etiketten der vielen Whiskys schweiften. Noch immer hingen diese weder kopfüber, noch hatten sie Tropfenfänger auf ihren Flaschenhälsen. Nein. Dieser Pub war voller Traditionen. Manche vielleicht ein bisschen angestaubt, aber immer noch liebenswert. Die geleerten Flaschen hatten, nebst einigen Verpackungen und zu viel altem Tand, zumindest ihrer Meinung nach, auf dem schmalen Regalboden, der sich unterhalb der Decke befand und sich über die gesamte Fläche des Pubs erstreckte, Platz gefunden.

Liz brauchte die Whiskyflaschen im Regal nicht zu sehen, um deren genaue Reihenfolge aufsagen zu können. Wenn sich auch das Whiskysortiment nicht geändert hatte, bot der Pub über 80 verschiedene Sorten.

Obwohl ihr Herz bereits jetzt pochte, als wolle es jede Sekunde explodieren, obwohl sie Angst hatte, plötzlich auch noch von ihren Augen so getäuscht zu werden, wie bereits von ihren Ohren, drehte sie sich langsam zur kleinen Bühne um. Fast erwartete sie, Stuart in Kilt und Chucks auf dem Barhocker sitzend vorzufinden, im Gesicht sein verschmitztes Kleinjungengrinsen.

Frierend bis tief ins Mark, zog sie die Strickjacke enger um sich. William erklärte ihren Freundinnen gerade, wie alt der Pub war und was, außer dem Denkmalschutz, das Besondere an einem Haus im Tudorstil war. Verschiedene Raumhöhen, etliche Stufen, die mal auf und mal ab führten, nicht eine einzige gerade Wand, Bleiglasfenster, die nicht richtig schlossen und durch die Efeu und Rosen ins Innere wuchsen. Ihr wären noch einige Dinge mehr eingefallen. Sie hörte ihm nur mit halbem Ohr zu.

Ehe sie sich versah, befand sie sich unmittelbar vor der Bühne, auf der sie, bereits als kleines Kind, und zur Belustigung der Gäste, ihre Stimme zum Besten gegeben hatte. Die dunklen Holzdielen waren ebenfalls frisch aufpoliert und gestrichen worden. Ein kleiner Hauch Farbgeruch lag noch in der Luft. Dennoch waren die Gebrauchsspuren deutlich zu erkennen. Es sah aus, als hätte sie selbst eben die Bühne verlassen. Der Mikrofonständer teilte sich mit einem der Barhocker die Mitte der kleinen Bühne. An den drei, vom vielen Benutzen ausgetretenen Stufen, stand eine vergessene Bierflasche, neben der ein achtlos liegengelassenes Stofftaschentuch lag. Stuart. Liz war sich sicher, dass sie in der, hinter einem Tartanstore verborgenen Wandnische, außer Putzutensilien, seinen Gitarrenkoffer finden würde.

Plötzlich war alles zu viel für ihr angekratztes Nervenkostüm. So schnell es ihr lädiertes Knie zuließ, schob sie sich an William und ihren Freundinnen vorbei. Stieß ein atemloses: »Ich muss ... Toilette ... Entschuldigung!«, aus.

Erst, als die Tür hinter ihr quietschend ins Schloss fiel und sie kraftlos auf den Deckel der Toilette sank, erlaubte sie sich, lautlos zu Weinen. Träne um Träne rann ihre Wangen hinab, während die kühlen Wandfliesen, an die sie sich anlehnte, um nicht kraftlos von der Toilette zu kippen, ihre Stirn liebkosten. Was war nur für ein nervliches Wrack aus ihr geworden? Wieso, zum Teufel, brachte sie ein herrenloses Stofftaschentuch überhaupt so aus dem Konzept?

»Wieso benutzt der Idiot in der heutigen Zeit überhaupt noch Stofftaschentücher? Wir leben doch nicht mehr in der Steinzeit ...«, knurrte sie die Holzfigur eines lebensgroßen Schotten im Kilt an, der sie von der gegenüberliegenden Wand betrachtete. Als ob Gerry, so hatten sie ihn getauft, ihr eine Antwort geben würde. Belustigt bemerkte sie, dass der Kilt etwas lädiert wirkte. Allem Anschein nach, waren die weiblichen Gäste der letzten Jahre ziemlich neugierig gewesen. Liz musste nicht erst die vielen Stoffbahnen des Kilts in die Höhe schieben, um zu wissen, was sich darunter befand. Der schwarze Zensierbalken, auf dem ‚Scotlands Future is not for every Woman!' stand, ging schließlich auf ihr Konto.

Die Idee dazu war ihr nach einem gemeinsamen Auftritt mit Stuart gekommen. An jenem Abend war es in den alten Räumen brechend voll gewesen. Keiner der unzähligen Tische war unbesetzt gewesen. Zwei Reisebusse voller Touristen waren über sie alle hergefallen wie ein ganzer Ameisenstaat. Erfreut über ihren letzten Abend in

Schottland mit Live-Musik, war der Whisky in Strömen geflossen. Was, zu ihrer aller Leidwesen, auch zum Verlust von Anstand und Sitte bei so mancher Dame geführt hatte. Liz hatte Stuart nur vor den übereifriegen Händen jener Damenwelt schützen können, indem sie die ganze Zeit nicht von seiner Seite gewichen war. Himmel, sie würde niemals die lüsternen Blicke vergessen können, als Stuart auf dem Barhocker platzgenommen hatte. Zu ihrer Belustigung, hatte er dabei seine Gitarre vor sich drapiert, als wäre sie eine Art Feigenblatt. Kopfschüttelnd dachte sie an die anzüglichen Witze der Männer, die ihre Frauen damit zu mehr Frechheiten zu animieren schienen.

Weder Alan, noch William, hatten sich an diesem denkwürdigen Abend vor den Tresen bewegt. Ersterer hätte sogar um ein Haar eine Schlägerei begonnen, da einer der Touristen einen zwanzigjährigen Glenlossie Whisky als Wasser - Eiswürfelmix verlangte. Ihre Mutter Hildegard und ihr Vater Gordon waren gezwungen gewesen, im Alleingang das Bedienen der Tische zu übernehmen. Seltsamerweise hatte keiner der Damen sich an oder unter den Kilt ihres Vaters getraut. Dabei war dieser, mit seinem vom vielen Arbeiten gekrümmten Rücken und seiner bulligen, kleinen Gestalt keineswegs als gefährlich aussehend oder unattraktiv zu bezeichnen gewesen.

Als kleines Mädchen hatte sie immer behauptet, ihr Vater sei ein gefährlicher Freibeuter, der nur während seines Landurlaubs den Pub betrieb. Unweigerlich sah sie sich selbst, wie sie seine Tabakpfeife mit Vanilletabak stopfte, um sie dann mit einem glühenden Holzspan aus dem Kamin zu entzünden. Der Weg zur Toilette hatte sie eben durch jenes kleine Kaminzimmer geführt, welches lediglich aus einem offenen Kamin, über dem das große Geweih eines Hirschs prangte, und drei handgedrechselten Schaukelstühlen aus Holz bestand. Wie oft hatte, sie in einem der Stühle vor sich hinschaukelnd, in die prasselnden Flammen gesehen?

Dahinter gab es noch ein Spielezimmer, in welchem zwei Dartscheiben, nebst Schiefertafeln zum Punktestand notieren, hingen und ein Tischkicker, sowie ein Billardtisch, Platz gefunden hatten.

Das Raucherzimmer, das mit seinen abgewetzten Ledersesseln, einer Couch und Bücherregalen bis unter die Decke zum Verweilen einlud, vervollständigte die Pubräume.

Wenn sie an all diese Räume dachte, in denen sie so viel Zeit mit ihrem Vater verbrachte hatte, mit ihrer Mutter, der wilde Hilde, wie sie ihr Vater liebevoll genannt hatte, gelacht hatte, wurde ihr warm ums Herz. Damals war ihre Welt noch in bester Ordnung gewesen.

Sachtes Klopfen an der Tür, gefolgt von einem: »Lizzy? Ist mit dir da drin alles in Ordnung?«, setzte ihren Erinnerungen ein jähes Ende. Ertappt rieb sie sich über die Augen. Blieb zu hoffen, dass sie nicht so fürchterlich aussah, wie sie sich fühlte.

»Ja. Ja, alles okay. Geht doch schon mal vor. William soll euch eure Zimmer zeigen. Ich komme gleich nach«, stieß sie eilig aus, in der Hoffnung, dass T weder ihre schnelle Antwort, noch das leichte Zittern in ihrer Stimme wahrnahm.

Erst als T's Schritte verstummt waren und die Tür sich quietschend hinter ihr geschlossen hatte, traute Liz sich aus der Toilette. Aus dem Spiegel sah sie eine junge Frau an, die schon einmal bessere Tage gesehen hatte. Ihre Wangen wirkten eingefallen, die Nase zu spitz, und ihre sonst stechend blauen, glänzenden Augen hatten jetzt die Farbe von regenverhangenem Himmel. Missmutig rupfte sie den

Haargummi aus ihren schwarzen Haaren, um sie frisch, zu einem halbwegs ansehnlichen Pferdeschwanz, zu bändigen. Über ihr knarzte und ächzte die Decke. Das Gute an einem alten Haus mit Holzböden und viel zu vielen Treppen war, dass man immer genau wusste, wo sich jemand befand.

Seufzend machte sie sich auf den Weg in ihr eigenes Zimmer, wobei sie sich allerdings Zeit ließ. Im Moment wollte sie einfach nur alleine sein. Sie konnte jetzt keine Fragen ertragen, wollte nicht in mitleidige Gesichter blicken. Himmel, sie wusste nicht wohin mit all den Gefühlen, gegen die sie sich nicht zu wehren wusste.

Immerhin stellte sich heraus, dass sie nicht über das Rosenspalier in ihr eigenes Zimmer einsteigen musste, da sie es unverschlossen vorfand. Liz war sich im Nachhinein nicht sicher, was sie mehr schockiert hatte. Die unverschlossene Tür, mit dem von innen steckenden Schlüssel. Das lichtdurchflutete Zimmer, in dem, trotz ihrer siebenjährigen Abwesenheit, kein Körnchen Staub zu finden war und sich nichts verändert zu haben schien. Oder die blühenden Mini-Gewächshäuser auf den breiten Fenstersimsen im Erker, in denen Kakteen und fleischfressende Pflanzen mit den Rosen vor ihrem Fenster um die Wette blühten.

Warum konnte er sie nicht in Ruhe lassen? Weshalb quälte er sie auf so subtile Art und Weise? *»Stachelig wie Kakteen, schön und gefährlich wie Karnivoren!«,* hörte sie Stuart belustigt über sie herziehen. »Als ob ich eine fleischfressende Pflanze wäre!«, knurrte sie ärgerlich, und stürmte zum geöffneten Bleiglasfenster. Ein unschöner Knall erklang, als sie es schloss, um dann mit den schweren, grünen Samtvorhängen die Sonnenstrahlen auszusperren. Kaum zurück, und schon begann ihr Kopf zu dröhnen, als wäre ein Presslufthammer in seinem Inneren am Arbeiten. Eine Migräne konnte sie jetzt wirklich nicht gebrauchen.

Erschöpft warf sie sich auf ihr Bett, das sie mit einer weichen Umarmung aus zig Kissen und Decken in Empfang nahm. Auf der Suche nach Linderung, vergrub sie die pochende Stirn in den kühlen Kissen.

Deutschland, zur selben Zeit

»Wie soll ich das verstehen?«, blaffte Hanno gereizt in sein Smartphone und gab dabei seinem Partner gestikulierend zu verstehen, die Tür zum Büro zu schließen. »Habe ich dir Kretin nicht klar und deutlich gesagt, dass dieses Miststück keinen Schritt macht, ohne dass ich es weiß!«

Die kläglichen Erklärungsversuche am anderen Leitungsende machten ihn wütend. Verdammt. Er hatte diese kleine Schottin völlig unterschätzt. Nicht genug, dass sie es gewagt hatte, mit ihm Schluss zu machen. Nein, sie war trotz einem üblen Krankenhausaufenthalt, den er ihr beschert hatte, kein bisschen einsichtig gewesen. Dieses verfluchte Weib hatte IHN angezeigt. Ihn, den Hauptkommissar der Sitte. Lächerlich hatte sie ihn gemacht, ihre Beziehung machte auf allen Polizeistationen die Runde. Elizabeth Conner hatte ihm Probleme eingebracht, die alles andere als lustig gewesen waren.

Hanno war noch lange nicht mit dieser Frau fertig. Sein ganzes Leben lang hatte er immer bekommen, was er verlangt hatte. Er war der, der bestimmte, wo es lang ging. Er war der Boss, und er entschied, wann Schluss war! Elizabeth Conner hatte dafür gesorgt, dass sich seine Geschäftspartner über ihn die Mäuler zerrissen. Abgesehen davon, dass er jetzt die Innere auf dem Hals hatte, die ihn nicht aus den Augen ließ.

Leider ließ es sich nicht immer vermeiden, dass die Gerüchteküche um ihn herum brodelte. Längst war bekannt, dass es in seinem Umfeld ab und an zu nicht erklärbaren Kollateralschäden kam. Bisher war es ihm aber immer gelungen, alles zu verdecken.

Hanno Ricardo Cortez-Schmidt befand sich zu hoch oben auf der Rangordnung, um sich kampflos stürzen zu lassen. Außerdem war sein Eliza Darling zu intelligent - wer wusste schon, was sie alles über seine dubiosen Geschäfte mitbekommen hatte? Vielleicht war ihr nicht bewusst gewesen, dass er mit der Mafia verbunden war. Dennoch wollte er es tunlichst vermeiden, mit Betonschuhen in der Elbe zu landen. Besser sie, als er!

Übellaunig warf er das Smartphone auf den Schreibtisch. »Glotz nicht so blöd, David. Lass sie suchen!«, fuhr er seinen Partner an, der zwar ihm gegenüber loyal war, aber leider über die Intelligenz eines Brotlaibs verfügte.

»Dafür haben wir aber keine Befugnis. Hör mal, Hanno. Meinst du nicht, dass du übertreibst, was diese ...«

Er brauchte genau drei Schritte, um mit seiner Hand den Hals seines Partners David Brecker zu umfassen. Die Wand des Büros wackelte, als er David derb dagegen knallte. Zu seinem Glück lag diese Ecke im toten Winkel der Bürofenster.

»Du sagst mir nicht, was ich zu tun oder zu lassen habe!«, drohte er, die Finger unnachgiebig zusammen pressend.

Davids Augen blickten ihn voller Panik, wie große Murmeln an. Der Kerl war so schockiert, dass er sich kaum nennenswert zur Wehr setzte. »Gott, was bist du für ein armes mickriges Würstchen. Machst du dir jetzt die Hosen voll, Brecker?«, höhnte er und ließ los.

Röchelnd, beide Hände am Hals, ging sein Partner zu Boden. »Ich ... ich, melde dich ...« erklang Davids krächzende Stimme, was dafür sorgte, dass er in glucksendes Lachen verfiel.

»Das wage ich zu bezweifeln! Du bist zwar so dumm wie ein Sack Stroh, aber nicht lebensmüde. Oder, David?«

Provozierend stieß er ihn fest mit den Schuhspitzen in die Seite.

»Bist du lebensmüde, David Brecker? Möchtest du, dass ich mit deinem winzigen Pimmel die Fische füttere? Nein, warte! Ich habe eine viel bessere Idee. Würde sich deine hässliche Frau nicht über ein nettes Video freuen? Du erinnerst dich doch noch an die blonde Hure im Blauen Engel?«

David Breckers Gesicht verlor das restliche bisschen Farbe. Gab es etwas Süßeres, als Genugtuung?

»Ich wusste doch, dass wir uns verstehen. Jetzt steh auf, du faules Stück Scheiße. Ich sage dir ganz genau, was du tun wirst. Und du tust es, ohne wenn oder aber. Capito?«

Bedauerlicherweise hatte David in einem Punkt Recht. Er konnte Elizabeth schlecht zur Fahndung ausschreiben, denn das würde früher oder später herauskommen. Trotzdem hatte er als Hauptkommissar einige Quellen, und genügend Möglichkeiten.

»Erst die Krankenhäuser, dann die Vermisstenanzeigen, Flughafen und Bahnstrecken. Ich will das ganze Prozedere, David!«

Hanno glaubte zwar weder, dass sie sich etwas angetan hatte, noch dass irgend jemand die Schottin als vermisst melden würde, doch sicher war in der heutigen Zeit nichts mehr. Seinem Instinkt und seiner Intuition hatte er sein rasches Vorankommen zu verdanken. Ein Bluthund war harmlos gegen ihn.

Schottland

Durchdringende Hilferufe aus einem der oberen Stockwerke ließen Stuart die untere Ebene durchqueren, um schließlich, immer zwei Stufen der alten Holztreppe auf einmal nehmend, nach oben zu hasten. Die Ursache dieser Hilferufe war ebenso schnell gefunden, wie behoben.

»Ruhig Tinkerbell. Ganz ruhig, meine Große«, redete er auf die große irische Wolfshündin ein, welche sich knurrend vor den beiden Frauen, die mit Liz gekommen waren, aufgebaut hatte. Seine Hände packten die Hündin fest am Halsband.

Dies alles hielt weder den kleinen, beigefarbenen Mops, noch das augenscheinlich mongoloide Kind davon ab, Kontakt mit dem schlanken, großen Fellbündel zu suchen.

»Tinkerbell? Langsam bemerke ich gewisse familiäre Gemeinsamkeiten!«, erwiderte die große Frau trocken.

»Aye. Ich schätze, das lässt sich schlecht leugnen. Nicht wahr, Brutus?« hielt er entgegen, tätschelte mit der freien Hand den Mops.

Er war erleichtert, dass die gefährlich aussehende Frau wenigstens einigermaßen verständliches Englisch von sich gab. Er begleitete sie allesamt an einen der größeren Tische im Pub, wo Murphy sie mit Essen versorgte.

Schicksalsergeben wappnete er sich für die Besprechung, die, wie bereits seit den Anfangstagen des Pubs, in der mehr als geräumigen Küche stattfand. Es verwunderte ihn nicht im Geringsten, dass bereits fast die ganze Crew versammelt war, sah man von zwei Ausnahme ab; Liz und William.

Da war dieses verfluchte Weib noch nicht einen einzigen kompletten Tag zurück, und brachte bereits jetzt alle zum Rotieren. Wortlos nickte er in die Runde, durchschritt den Raum und lehnte sich am anderen Ende an die Arbeitsfläche. Das versprach, amüsant zu werden.

Die Tür wurde so schwungvoll aufgestoßen, dass sie dumpf gegen die Wand flog.

»In der Zehn schwimmt ein verfluchter Fisch in der Badewanne!« zeterte William lautstark, während er sich auf den letzten freien Stuhl fallen ließ, der ein protestierendes Ächzen von sich gab.

»Aye. Es handelt sich, um genau zu sein, um einen Koi. Ein sehr teueres Exemplar, namens Fritzchen. Da die Badewanne noch dicht ist, haben wir ihn erst einmal dort untergebracht. Gibt es da ein Problem?«

Liz hätte nicht mehr Aufmerksamkeit erregen können, als mit diesem Auftritt.

»Sagtest du nicht selbst, dass in der Zehn das Dach leckt, Willy?«, wandte sie sich mit einem freundlichen Lächeln an ihren Cousin, der sie selbst im Sitzen fast noch an Körpergröße überragte. Zu Stuarts Entsetzen, hatte Liz jetzt einen Gehstock dabei, auf den sie sich stützte.

»Du bist zu spät, Lizzy!«, entgegnete William verstimmt, was diese jedoch souverän ignorierte.

Behutsam beugte sich Liz zur Begrüßung ihrer Tante hinab, die ihr aus ihrem Rollstuhl erfreut entgegenblickte.

»Ich bitte um Entschuldigung, Tantchen. Dieses Haus hat doch mehr Treppen, als in meiner Erinnerung. Und, wie ich in euren Gesichtern sehen kann, habt ihr meine

Unpässlichkeit bereits bemerkt.«, sagte sie, blickte dabei jedoch nur ihre Tante an.

Stuart musste mehrmals Schlucken, so sehr berührte ihn die Vertrautheit zwischen den beiden Frauen.

»Schön, dich wieder zu haben, Kind«, erwiderte Marjorie.

Amüsiert bemerkte er die leichte Röte, die sich auf Liz's Wangen legte. Er war sich nicht sicher, ob es an der Bezeichnung Kind, oder an den tätschelnden Händen von Marjorie Conner lag. Da sie nach wie vor alle anstarrten, schob sie mit der Hand den Rock hoch, so dass die Manschette um ihr Knie sichtbar wurde.

»Wie gesagt, entschuldigt bitte mein Zuspätkommen. Ich bin leider nicht mehr ganz so beweglich, wie ich es gerne wäre. Ein dummer Unfall, mehr gibt es dazu nicht zu sagen.«

Dabei sah sie gerade ihn so trotzig an, dass er ihr genau das nicht abnehmen konnte. *Wer's glaubt!*, erwiderte er stumm, sofort wandte sie sich von ihm ab.

Ihm wurde übel, wenn er daran dachte, was diese Manschette für Liz bedeutete. Sein ganzes Leben lang war sie ein Wirbelwind gewesen. Sie lief schneller als jeder, den er kannte, konnte klettern wie ein Affe, und tanzen ... Sie war so eine begnadete Tänzerin gewesen.

»Nun, da wir alle hier sind, und Elizabeth unsere Crew wieder verstärkt, wird es Zeit, diesen Pub wieder auf Kurs zu bringen. Wie wir alle wissen, müssen die Zimmer dringend renoviert werden. Elizabeth, von dir und Stuart erwarte ich, dass ihr beide euch um Programm für die Wochenendtage kümmert. Wir müssen uns unsere Gäste zurückholen.«

»Also, ich weiß nicht, ob ich das noch kann, und ...«, protestierte Liz lahm, wofür sie nicht einmal eine Antwort vom weiblichen Clan Chief bekam.

Wie stellte Marjorie sich das vor? Sie hatten seit sieben Jahren nicht mehr zusammen auf einer Bühne gestanden. Verdammt, Stuart konnte doch nicht so tun, als wäre nie etwas zwischen ihnen beiden passiert!

»Mutter, bei aller Liebe für diesen Pub. Wir haben weder das nötige Kleingeld, um zu Renovieren, noch Gäste. Wie soll das alles gehen? Wäre es nicht vielleicht doch besser, wenn wir mit den Campbells ...«, merkte William vorsichtig an, und wurde prompt mehr als ruppig unterbrochen.

»Conner!«, stieß Marjorie gereizt aus, wobei sie sich aus ihrem Rollstuhl in die Höhe stemmte. »Dieser Pub gehört zum Clan Conner, seit Generationen. Ich lebe vielleicht nicht mehr lange, mein Sohn. Doch, solange durch diese alten Adern noch Blut fließt, werde ich nicht an einen Campbell verkaufen!«, schnitt Marjories Stimme durch die Küche, wie ein scharfes Messer. William hob beschwichtigend die Handflächen nach oben.

»Was ist mit meinem Treuhandkonto? Ich weiß, es ist nicht viel, aber ich habe es nicht angerührt und werde dies auch zukünftig nicht ändern. Da ich nicht da war, finde ich auch nicht, dass ich dieses Geld verdient hätte. Nehmen wir es für Material und führen die gröbsten Renovierungen selbst durch!«, schlug Liz vorsichtig vor.

Die Idee klang selbst in Stuarts Ohren nicht schlecht, und fand auch bei den anderen Anklang. »Was wäre, wenn Liz und ich ein getrenntes Programm auf die Beine stellen würden? So gelänge es uns, mehr Zeit zu überbrücken« *und mir ihr aus dem Weg zu gehen,* sprach er in Gedanken weiter.

»Warum den Publikumsschlager trennen? Ich bin mir sicher, ihr beide rauft euch schon wieder zusammen. Immerhin seid ihr Erwachsene«, mischte sich ausgerechnet sein Vater ein und sah ihm dabei, mit vor der breiten Brust verschränkten Armen, berechnend in die Augen. O ja. Alan Ferguson wusste ganz genau, wie er seinen jüngsten Sohn an den Hörnern packen konnte. Alleine der Gedanke, mit Liz ‚I've got you Babe' von Sonny und Cher zu singen, sorgte bei ihm für verknotete Eingeweide.

»Ich denke, Elizabeth wird das schon hinbekommen. Nicht wahr, Liebes? Schließlich hat deine Stimme ja nichts abbekommen«, sagte Marjorie, mit einem siegessicheren Lächeln im faltigen Gesicht. Seltsamerweise sah Liz ebenso wenig begeistert aus, wie er sich selbst fühlte.

»Was meine Begleiterinnen angeht, Mrs. T ...«

»Oh, deine Bettgefährtin und ihr Mongo. Wusstet ihr schon, dass Liz unter die Lesben gegangen ist? Mich würde schon interessieren, wer von euch beiden oben und wer unten ...«

»Scheinbar habe ich deine Bonuspunkte bereits aufgebraucht, lieber William«, entgegnete Liz zuckersüß. »Lucy ist ein Trisomie 21 Kind, bekannt als Downsyndrom. Sie ist kein Mongo. Das ist eine Krankheit, was man von deinem Verstand leider nicht behaupten kann, Cousin. Und, falls du sie jemals vor Mrs. T so nennen solltest, garantiere ich für nichts.

Was T und mich angeht, es braucht keinen zu scheren, was wir tun, wie wir es tun, oder ob wir es überhaupt tun. T wird an der Bar aushelfen. Sie kann jeden Cocktail auswendig mischen, und wird im Übrigen mit jedem handgreiflichen Gast fertig.

Fatma wird Murphy in der Küche helfen. Die Kleine hat es nicht leicht gehabt. Sie ist mit ihren achtzehn Jahren bereits zu erwachsen.«

Stuart musste sich das Grinsen regelrecht verkneifen, so sehr bewunderte er den Schlagabtausch zwischen Liz und

William. Himmel, er hatte ganz vergessen, wie schlagfertig diese kleine, zierliche Frau sein konnte. Die weiblichen Conners hatten schon immer Haare auf den Zähnen.

»Wenn wir schon dabei sind ...«, sagte sie soeben, und stützte sich schwer auf den Gehstock. »...Wo ist eigentlich Marisol? Sollte sie nicht dabei sein, bei der Besprechung?«

Da war er, der Moment, vor dem er sich gefürchtet hatte. Als würde sie sein Unbehagen spüren, blieb ihr fragender Blick ausgerechnet an ihm hängen. Wo auch sonst. Es war ja kein großes Geheimnis gewesen, dass er und Marisol geheiratet hatten. Nur, woher hatte Liz davon gewusst? Bis nach Hamburg konnte die Tatsache seiner geistigen Umnachtung schließlich nicht vorgedrungen sein, oder? Stuart wich ihr aus, suchte stattdessen Augenkontakt zu seinem Vater. Warum sah Alan so schuldbewusst aus? Merde, besser er schaffte Klarheit. Er räusperte sich laut und vernehmlich, um zu antworten.

»Marisol arbeitet nicht mehr hier.«

Liz sah ihn erstaunt an. »Oh. Arbeitet sie jetzt Zuhause? Habt ihr Kinder?«

Was zum ...? Wie kam sie auf solche hirnrissigen Fragen? Wollte sie ihn am Boden sehen? Langsam aber sicher ging ihm diese Besprechung doch ziemlich an die Nieren. Er holte zu einer Antwort aus, doch Alan kam ihm zuvor.

»Nae. Du kannst das ja nicht wissen. Stuart und Marisol sind längst geschieden. Sie ist auf irgendeine Insel, in eines dieser ... dieser Ferien Resorts.«

»Menorca. Sie arbeitet in Menorca, Pa.«, berichtete er, um wenigstens nicht ganz als Verlierer dazustehen.

Liz war für ihn ziemlich einfach zu durchschauen. Gerade konnte er ihr regelrecht beim Denken zusehen. Ihr leises »Das ... es tut mir leid für euch!« hörte sich so aufrichtig an, dass es einfach nur höllisch wehtat. Wie sollte er eine Frau vergessen, die ihm nun erneut direkt vor die Nase gesetzt worden war?

»Gut. Dann werde ich, mit Hilfe von Fatma, Marisols Pflichten übernehmen.«

»Wunderbar. Ich denke, dann haben wir alles geklärt. Lasst uns an die Arbeit gehen, und aus diesem Pub wieder das machen, was er einst war!«, schloss Marjorie.

Die Küche leerte sich, bis auf Murphy, der bereits geschäftig an seinen Töpfen hantierte, Stuart und Liz. Sie war im Rahmen der Tür stehen geblieben, sah ihn an, als erwarte sie irgend eine bestimmte Reaktion von ihm. Eisern presste er die Zähne aufeinander, um sich wortlos, rüde an ihr vorbei zu schieben.

Ihre Finger gruben sich in den Stoff seines Hemdärmels, hielten ihn zurück. Es kam ihm fast so vor, als wollten ihn ihre kornblumenblauen, fragenden Augen an das Holz des Türrahmens nageln.

»Warum hast du nichts wegen deiner Scheidung gesagt?«, warf sie ihm anklagend vor.

»Weshalb hätte ich etwas sagen sollen? Weil wir uns so schrecklich nahestehen? Und wann genau hätte ich das tun sollen?«, erwiderte er kalt, genoss, wie sie unter seinen Worten zusammenzuckte.

»Du hast Recht. Es geht mich nichts an. Ich hatte nur einfach das Gefühl, du leidest und ...«, lenkte sie geknickt ein, sein lautes Auflachen unterbrach sie mitten im Satz.

Was für ein Hohn! Wie konnte ausgerechnet Liz das sagen? O ja, er litt. Tatsächlich kam er sich vor, als wäre der Teufel persönlich der Hölle entstiegen, hätte Liz's Gestalt angenommen, und unterzog ihn einer täglichen Marter.

Ihre Gesichtszüge verhärteten sich. »Gut. Ich belästige dich nicht weiter. Danke für mein Zimmer, du weißt schon für was.«, entgegnete sie nun ebenfalls kühl und ließ ihn stehen.

»Na das wird ja ein toller freier Nachmittag«, knurrte er sarkastisch, und folgte ihr in Richtung Bühne.

Die finstere Vorahnung wurde bei ihren Proben zur Gewissheit. Obwohl er sich darauf beschränkte, Liz nur mit Gitarre, Mundharmonika und Bodram zu begleiten, funktionierte ihre Zusammenarbeit nicht wirklich gut. Die Spannung, die zwischen ihnen beiden herrschte, spiegelte sich in jedem Musikstück wieder. Ihre Duette glichen einem musikalischen Desaster. Nicht genug, dass sie nie gleichzeitig sangen, oder dass ständig einer von ihnen den Einsatz verpatzte. Nein. Das, was sie sangen, klang gekünstelt, leblos und fremd. Nie und nimmer würde auch nur ein einziger der Zuhörer ihnen das glückliche Liebespaar abnehmen, welches sie gezwungen waren, darzustellen. Tatsächlich war er mehr als erleichtert, als Liz ihm erklärte, dass sie für heute genug hätte. Selbst dem langsamen Einsetzen des Pubbetriebs gelang es nicht, ihn über das Gefühl der Wut und der Hilflosigkeit, die er empfand, hinweg zu trösten.

Wie war es möglich, dass sich ein Mensch so ändern konnte? Irgendwo in dieser Frau musste doch noch immer sein Mädchen stecken. Sie konnte doch nicht komplett verschwunden sein!

Reibungsfläche

Das Geräusch von Liz's energischen Schritten wurde laut vom schiefen Asphalt, der von Löchern und Flickwerk nur so strotzte, zurückgeworfen. Weder der nahende Regen, noch Brutus, den sie, trotz offensichtlichem Unwillen, an seiner Leine hinter sich her zog, vermochte es, sie von ihrem Vorhaben abzuhalten. Sie musste einfach zu ihm, musste Seelenballast loswerden und ihre Mutter dahin bringen, wo sie hingehörte.

Nur einen kleinen Teil der Strecke, die zum Friedhof vor dem Ort führte, legte sie auf dem Asphalt zurück, was unter anderem auch daran lag, dass es keine Gehwege außerhalb des Ortes gab. Für den größeren Teil der Strecke nahm sie die Abkürzung über die Wiese, auf der, wie eh und je, Terrys Mackenzies Highland-Rinder grasten. Den ständig bremsenden Mops nahm sie schließlich auf den Arm, um besser voranzukommen.

»Bilderbuch-Idylle. Siehst du, Brutus, wenn du jetzt ruhig halten könntest, immerhin bist du nicht gerade ein Leichtgewicht, dann gelänge es mir vielleicht, diesen Spaziergang zu genießen. Sonst werfe ich dich den Rindern zum Fraß vor.«

Erneut traten ihr die Tränen in die Augen, die sie ärgerlich mit dem Handrücken wegwischte. Dabei klirrten die Whiskyflasche und das Glas in ihrer anderen Hand beängstigend gegeneinander.

»Eins kann ich dir sagen, Hund; bevor mir der teure, achtzehnjährige Laphroaig aus der Hand fällt, gehst du fliegen!«, schimpfte sie die dunklen Knopfaugen an, die mit einem röchelnden Bellen antworteten, als verstünden sie jedes Wort.

Verflucht. Nicht einmal einen kompletten Tag war sie zurück und war beständig am Flennen, wie eine dieser hysterischen Weiber, mit denen sie nie etwas verbunden hatte, sah man von der Schulzeit einmal ab.

»So nicht. Vorher gefriert das Eis in der Hölle, bevor ich zu einem dieser Schickimicki-Tussis mutiere!«, erklärte sie Brutus, der ihr zur Belohnung über die nackte Haut am Arm leckte. »Pfui, du Schmeichler!«

Ein besonders neugieriges Rind kam ihnen mit seinen stattlichen Hörnern so nahe, dass Brutus, vergeblich fiepend, versuchte, seinen Kopf in ihre Jacke zu stecken.

»Hund, du bist ein solcher Angsthase.«

Unbeirrt stampfte sie weiter, ohne das Rind groß zu beachten. Das gusseiserne Tor des Friedhofs ließ sich, ohne Geräusche von sich zu geben, öffnen und sie schlüpfte durch den so entstandenen, schmalen Spalt in die ruhige Atmosphäre, die hier herrschte, hinein. Nun gut, es wäre ruhig gewesen, wenn Brutus, den sie wieder abgesetzt hatte, nicht vor sich hin knatternd hinter ihr her gelaufen wäre.

»Also wirklich, Brutus. Was, um Himmelswillen, hat Murphy dir zum Essen gegeben?«

Entschlossen streckte sie die Nase in die andere Richtung, wo es nach Erde, frisch gemähtem Rasen und den Zypressen roch, die dem Friedhof eine äußere Grenze gaben.

Am Grab angekommen, stellte sie die Flasche Single Malt und das Glas vorsichtig an dem großen Stein ab, unter dem bereits ihre Großeltern lagen und ihr Vater. Vor dem Grab kniete sie, so gut es ging, hin, wobei sie das meiste Gewicht auf das gesunde Knie verlagerte.

»Jetzt sieh mich nicht an, als wäre ich dem Wahnsinn verfallen. Du könntest helfen, Brutus. Du buddelst doch sonst auch an den unmöglichsten Stellen« versuchte sie, ihren Vierbeiner zum Helfen zu animieren, der prompt an einer anderen Stelle zu graben anfing.

»Doch nicht da. Wirst du wohl aufhören. Wir wollen doch Pa nicht ausgraben, sondern lediglich Mamas Herz eingraben.«

Kopfschüttelnd grub sie ihre bloßen Finger in die weiche Erde. Die entsetzten Worte des Bestatters waberten durch ihre Gedanken, wie Nebelschwaden.

»Ich kann Ihnen nicht folgen, junge Frau. Sie möchten also, dass Ihre Mutter eingeäschert wird, nicht jedoch ihr Herz? Das wollen Sie separat einäschern? Warum sollte jemand so etwas tun wollen? Das kommt auf keinen Fall in Frage.«

»Ich möchte gerne, dass wenigstens ein Teil meiner Mutter bei meinem Vater bestattet wird. Können Sie das nicht verstehen?«

Es hatte sehr viel Geduld erfordert, den Bestatter zu überzeugen, dass sie keineswegs eine schwarze Messe oder sonstigen Hokuspokus mit dem Herz ihrer Mutter vor hatte. Sie hatte versprechen müssen, das eingeäscherte Herz von einem Bestattungsunternehmen überführen zu lassen. Man musste ihr zu Gute halten, dass sie dies wirklich vorgehabt hatte, zumindest bis zu dem Moment, wo sie erfahren hatte, wie kostspielig so eine Überführung war.

Letztendlich hatte die Asche ihrer Mutter lange Zeit im Regal ihrer Wohnung gestanden, um schließlich unbemerkt in ihrer Schminktasche nach Schottland geschmuggelt zu werden. Noch heute war sie sich sicher, dass dies ganz im Sinne ihrer Mutter war. Ihre Eltern hatten sich, selbst nach über vierzig Jahren Ehe, noch immer so geliebt, wie am ersten Tag. Allein der Gedanke daran, wie sie sich immer angesehen hatten, trieb ihr Tränen in die Augen, die eine nach der anderen zu Boden tropften, um sich zu der noch feuchten Erde zu gesellen. Nie wieder würde sie die beiden, mitten in der Nacht, auf der Parkbank vor dem Pub überraschen. Niemals mehr den sanften gälischen Liebkosungen heimlich lauschen.

Genau so musste Liebe sein. Bedingungslos bis weit über den Tod hinaus. Wie in den Geschichten von Lady Dervorgilla mit ihrem Sweetheart John Balliol, dessen Herz bei ihr in der Sweetheart Abbey, nahe dem kleinen Dorf New Abbey bei Dumfries, beerdigt worden war. Sie mochte diese zauberhafte Ruine der Abbey, welche ihren Namen durch diese Geschichte bekommen hatte.

Endlich war das Loch groß genug, um das silberne Herz und seine wertvolle Füllung sicher zu verwahren. Liebevoll strichen ihre Finger über das Silber, das sich kühl an ihre Haut schmiegte. Das fade Abendlicht glänzte auf seiner Oberfläche, bevor sie es in das weiche Bett aus Erde legte und sanft zudeckte. Unter fiesen Schmerzen hangelte sie sich wieder zurück auf die Füße, schraubte den Whisky auf und leerte einen ordentlichen Dram über dem Grab aus.

»Slàinte mhath, Pa. Slàinte mhath, Ma«, flüsterte sie mit tränenschwerer Stimme, die Hände am Rock säubernd, der bereits unschöne Schmutzflecken aufwies.

Wie vorhergesehen, suchte der Himmel den Moment aus, um seine Schleusen mit einem leichten Nieselregen zu öffnen. Es war ihr egal. Selbst, dass Brutus noch immer fremde Gräber umgrub, immerhin an einer anderen Stelle, interessierte sie nicht. In mühevoller Millimeterarbeit zog sie sich auf die Oberfläche des Grabsteins hinauf, von wo aus sie, mit einem mehr als großzügigen Dram Whisky, Brutus und ihren Eltern zuprostete.

»O Pa, du fehlst mir so unendlich. Ich hoffe, du hast Mama gebührend die Leviten gelesen dafür, dass sie mich alleine gelassen hat. Ihr fehlt mir so sehr. Ich bräuchte so dringend eure guten Ratschläge«, flüsterte sie.

»Kannst du mir mal erklären, was zum Teufel du hier tust?«

Liz zuckte so sehr unter Stuarts vorwurfsvoller Stimme zusammen, dass sie fast das Gleichgewicht verloren hätte und vom Grabstein gefallen wäre.

»Nein. Und ehrlich gesagt, denke ich auch nicht, dass dich das etwas anginge. Warum spionierst du mir überhaupt nach? Ich brauche dich nicht als Aufpasser, Ferguson.«

Ohne mit der Wimper zu zucken, nahm er ihr das Whiskyglas aus der Hand, roch daran, um es dann auszutrinken. »Du und Gordon wart schon immer aus demselben Holz. Du hast seinen exzellenten Geschmack geerbt. Dummerweise auch seinen Sturkopf und sein Temperament. Laphroiag, der Achtzehnjährige, nehme ich an. Ziemlich teurer Tropfen für eine Grabsteinparty.«

»Falls das ein Kompliment sein sollte: es funktioniert nicht. Wenn du mir Vorwürfe machen möchtest, so darfst du auch diese für dich behalten. Ebenso, wie nett gemeinte Ratschläge. Im Übrigen habe ich keine ...«

»O la la, die Biestigkeit hatte ich wohl vergessen, oder schlichtweg verdrängt. Zu deiner Information - du bist nicht der Nabel der Welt, Elizabeth Camille Conner. Ich arbeite noch immer hier, was dir scheinbar entfallen ist. Somit geht es mich sehr wohl an, wenn hier ein Mops Gräber verschönert, oder eine offensichtlich Betrunkene das Grab ihrer Familie verunstaltet, um Party zu feiern«, unterbrach er sie trocken, nahm die Whiskyflasche und schenkte sich nach.

»Ich bin weder betrunken, noch habe ich irgendetwas verschandelt. Ganz sicher habe ich auch nicht vor, eine Grabsteinparty zu feiern. Was, verflucht, soll das überhaupt sein? Ich habe lediglich etwas für meine Eltern erledigt. Also sieh mich nicht an, als wäre ich minderbemittelt.«

»Vielleicht solltest du dich dann dementsprechend benehmen. Welcher normale Mensch setzt sich bei diesem Wetter, wir haben in der Zwischenzeit sicherlich bereits 21.00 Uhr durch, auf einen Grabstein im Regen?«, fragte Stuart, dabei kam er ihr gefährlich nahe. Liz konnte sehen, dass die Ader an seinem Hals sacht pochte, ein Zeichen dafür, dass er ziemlich angepisst war.

»Es nieselt lediglich«, verbesserte sie ihn bissig, wobei sie trocken schluckte, weil er ihr nun so nahe war, dass ihre Beine bereits zwischen seinen waren, wenngleich sie sich nicht berührten. Leider fiel ihrem Körper gerade ein, wie gut es sich angefühlt hatte, die Beine um diese wundervollen Hüften, mit diesem knackigen Hintern, zu schlingen.

Entsetzt über ihre Gedankengänge, nahm sie ihm das Glas aus der Hand, trank es in einem Zug aus. Ausgerechnet jetzt geriet das rauchige, flüssige Gold in die Luftröhre, was in einem unschönen Husten endete. Stuarts Miene dabei war unergründlich. Mittlerweile hatte er die Arme vor der breiten Brust verschränkt, die Hände unter den Achseln und sah sie an.

»Was ist?«

»Hast du in den Himmel gesehen? Denn, wenn du das getan hättest, wäre dir ganz klar gewesen, dass da ein Gewitter reinkommt, Lass. Du bist hier immerhin aufgewachsen. Und du bist vieles, aber nicht dumm«, erwiderte er.

Himmel, diese dunklen Augen jagten eine Ameisenschar über ihre Haut. Es musste am Whisky, dem ganzen Jetlag und ihrem Gefühlschaos liegen, dass sie am liebsten über ihn hergefallen wäre. Sie hatte ganz vergessen, wie groß er mit seinen 1,90m war. Sein Gesicht beugte sich zu ihr, so dass ihre Nasenspitzen sich beinahe berührten. *Lass ihn nichts gemerkt haben. Bitte lieber Gott ... bitte ...,* flehte sie stumm, ohne aufzuhören, seine Lippen zu fixieren, als würden diese sie hypnotisieren. Stuart würde doch nicht ... Seine Hände berührten rechts und links ihre Hüfte, blieben dort liegen. Sie konnte die Wärme spüren, die sie ausstrahlten, ebenso wie ihre Kraft. In ihrem Magen schienen Schmetterlinge zu flattern. Es war, als würde ihre Haut pulsieren dort, wo er sie durch den regenfeuchten Stoff des Rockes berührte. Sein Griff verstärkte sich und ihr rutschte ein heiseres Seufzen heraus. Nur Sekunden später hatte er sie vom Grabstein gehoben und sie stand mit Puddingbeinen auf dem Boden.

»Ich ... was ...«

»Ich erwarte kein Danke. Keine Sorge. Fang deine umgebaute Katze ein. Ich fahre dich heim!«

Ein Eimer Eiswürfel über ihren Körper hätte nicht effektiver sein können. Das war doch der Gipfel der Unverschämtheit.

»Wer hat dir eigentlich ins Hirn geschissen, Ferguson? Du bist weder mein großer Bruder, noch mein Ehemann oder mein Boss. Weder brauche ich deine Hilfe, noch will ich sie! Und, wenn wir schon dabei sind; Brutus ist ein Mops. Ich buchstabiere es dir; M O P S. Das ist eine Hunderasse. H U N D!«, spie sie ihm wutentbrannt entgegen.

»Fertig? Ich dachte schon, sie wäre nicht mehr da.«

Warum klang seine Stimme in ihren Ohren belustigt und ... war das etwa ein Grinsen in seinem Gesicht?

»Von was, verflucht, sprichst du, Stuart?«

»Von dem Mädchen, das ich einst zu kennen glaubte, und deren Liebe ich mir so sicher war, dass sie mich vor aller Welt lächerlich machen konnte.«

Seine locker ausgesprochenen Worte pulsierten wie spitzige Nadeln durch ihren Blutkreislauf, gingen durch Mark und Bein. Liz konnte nicht verhindern, dass ihr für Sekunden die Gesichtszüge entgleisten. Nach Luft schnappend, bückte sie sich zur Leine, befestigte diese, dem Zittern ihrer Hände zum Trotz, an Brutus Geschirr.

»Du irrst dich, Stuart. Dieses Mädchen existiert nicht mehr. Sie ist so mausetot, wie all die zerfallenen Überreste in deinen Gräbern hier. Ich muss es wissen, ich habe sie selbst begraben ...« *... zusammen mit etwas, das einmal unser Kind gewesen wäre, in einer schmutzigen Toilette.* Alleine. Verlassen. Verloren. Es schien ihr, als wäre sie in der Zeit zurückkatapultiert worden. Erneut wallte in ihr dieses Gefühl der Ohnmacht empor.

Ohne ihn erneut anzusehen, ließ sie ihn stehen. Weder reagierte sie auf seine derben Verwünschungen, noch blieb sie, wie gefordert, stehen. Stattdessen lief sie im Stechschritt in Richtung Grantown on Spey davon, so schnell sie ihr nun vor Schmerzen pulsierendes Knie trug.

Stuarts Handflächen juckten, so sehr dürstete es ihn nach der Erlaubnis, dieses elende Weib über sein Knie zu legen, um ihr den kleinen Hintern zu versohlen. Selbstverständlich nur ein bisschen, aber zumindest so, dass er Genugtuung dabei empfand. Danach würde er mit größter Sorgfalt ganz andere Dinge mit ihr anstellen.

»Träum weiter, Mann!«

Müde rieb er sich die Augen. Elizabeth Camille Conner war nie ein einfaches Mädchen gewesen. Doch gerade das war es, was er schon immer an ihr gemocht hatte. Nachdem sie ihn verlassen hatte, waren einige Frauen an ihre Stelle getreten. Keine von ihnen war nur annähernd so kompliziert wie sie gewesen. Nicht eine von ihnen hatte ihn vor Herrausforderungen gestellt. Keine von ihnen hatte ihn überrascht oder es fertiggebracht, ihn bis tief ins Herz zu berühren. Nicht eine hatte ihn so akzeptiert, wie er nun einmal war: Alles andere als einfach.

Ehrlich, welche Frau ruinierte sich schon die Fingernägel, indem sie spät am Abend, was auch immer, im Familiengrab verbuddelte? Wie zur Bestätigung zuckten die ersten Blitze in der Ferne über das Firmament, und ein gefährlich nahes Donnergrollen ertönte.

»Wieso einfach, wenn es auch kompliziert geht?«, schimpfte er, und eilte im Laufschritt zu seinem Jeep. Liz wollte also Spiele spielen. Nun das konnte er auch.

»Gärtner. Ich bin nur der Gärtner, und das weißt du ganz genau, Cami. Kein verfluchter Leichenverscharrer«, zischte er durch die geschlossenen Zähne.

Bereits kurz, nachdem er den Jeep gestartet hatte, prasselte der Regen so sintflutartig auf die Scheiben nieder, dass die Wischer fast nicht hinterherkamen. Das Gewitter tobte jetzt ziemlich genau über Grantown on Spey. Aus Sorge, Liz nicht zu sehen, fuhr er lediglich Schritttempo, klebte mit dem Gesicht fast an der Frontscheibe.

Er erinnerte sich an dieses schreckliche Gefühl des Verlusts, als sie einfach aus seinem Leben verschwunden war. Einige Wochen später hatte er eines der Gräber, die sich an der Außenseite des Friedhofs befanden, neu bepflanzt. Zuerst hatte er nicht auf das Paar auf einer der Bänke geachtet. Das änderte sich jedoch, als Liz's Name fiel.

Shona Willis hatte Adam Grant, der nie wirklich aufgehört hatte, Liz nachzustellen, erklärt, dass Liz abgehauen war, weil sie jemand geschwängert hatte und Adam sich glücklich schätzen konnte, dass er nicht auf diese Schlampe reingefallen war.

Noch heute hörte er das Geräusch von Adam Grants brechender Nase, konnte immer noch Shona's entsetztes Gesicht sehen als er ihr erklärt hatte, dass er keine Probleme damit hätte, auch ihr die Nase zu brechen, wenn sie noch ein einziges Mal so über sein Mädchen redete.

»Du stures Weibsbild. Wenn du nicht selbst damit rausrückst, werde ich dich auf mein Kind ansprechen müssen«, knurrte er vor sich hin, um im nächsten Moment erleichtert aufzuatmen, als der Lichtkegel des Jeeps endlich die zierliche, humpelnde Gestalt, mit einem Mops unterm Arm, erfasste.

Vorsichtig fuhr er so dicht auf, dass die Stoßstange sie fast touchierte. Wie nicht anders erwartet, verlangsamte Liz ihren Schritt nicht einmal ein winziges Bisschen. Stur sein konnte er auch. Demonstrativ fuhr er seitlich an sie ran, hielt ihre Geschwindigkeit. Wenigstens zuckte auch sie unter dem nächsten Donnergrollen zusammen. Ungeachtet des Regens ließ er die Beifahrer-Fensterscheibe herunter.

»Steig ein!«, sagte er. Keine Reaktion. »Elizabeth Camille Conner, wenn du nicht augenblicklich deinen Hintern in mein Auto bewegst, dann werde ich dich selbst ins Auto setzen, wie ein verfluchtes Kleinkind, und glaub mir, das wird für keinen von uns beiden lustig! Du bist hier nicht auf irgendeinem Miss-Wet-T-Shirt-Contest!«, brüllte er sie über das nächste Donnergrollen hinweg an.

Endlich hatte sie Erbarmen mit ihm und stieg tatsächlich ein, wenngleich sie ihn keines Blickes würdigte. Stuart bemühte sich, sie nicht näher anzusehen, da ihre Kleider tatsächlich aussahen, als wären sie durchsichtig. Vom Rücksitz zog er seinen Strickpullover vor, den er ihr zuwarf, und den sie ohne einen Kommentar anzog.

»Ich bin nur eingestiegen, damit Dorfklatschtante Owens nichts zu schreiben hat. Nur, dass das klar ist!«

Es war das Einzige, was Liz sagte. Und, zu ihrem eigenen Glück, sagte sie es erst, als sie bereits vor dem Pub zu stehen gekommen waren. Gott alleine wusste, was er sonst mit ihr gemacht hätte.

Auf einem Bein steht es sich schlecht!

Die Woch schien vor sich hin zu plätschern wie einer der kleinen Bachläufe, die es hier an der Grenze zu den Highlands überall gab. Beständig, und ohne nennenswerte Ereignisse.

Fatma redete nach wie vor kaum, was vermutlich auch daran lag, dass ihr Englisch nicht gerade gut war. Liz gelang es kaum, sich auszumalen, wie fürchterlich es für das junge Mädchen, ohne Familie und ohne ihre vertraute Umgebung, sein mochte. Ein Freund von William hatte einen Brief an ihre Mutter mitgenommen, um ihn bei einem Zwischenstopp seines Fluges in Amsterdam in einen Briefkasten einzuwerfen. Für das arme Mädchen gab es kein Zurück mehr, höchstens, sie wollte durch einen der sogenannten Ehrenmorde den Tod finden. Immerhin verstanden sie und der alte Murphy sich prächtig. Liz vermutete stark, dass es daran lag, dass keiner der beiden redselig war und Fatma fleißig war.

Mrs. T half überall, wo Hilfe von Nöten war, und das war wirklich an jedem Fleck nötig. Lucy war bei jedem beliebt. Allen voran William hatte einen Narren an der Kleinen gefressen, schleppte sie überall mit hin. Selbst Marjorie hatte immer wieder ein wachsames Auge für das fidele Kind übrig.

Liz selbst hatte kaum eine freie Minute, um über die Begegnung mit Stuart zu grübeln, oder sich darüber zu wundern, dass er sich die komplette Woche nicht hatte blicken lassen. Sie stürzte sich geradezu in die Arbeit. Es gab so viel zu tun, dass sie oft kaum wusste, wo sie anfangen und wo aufhören sollte. Sie stand mit dem ersten Sonnenstrahl auf und schlief, sobald es dunkel wurde. Wundersamerweise war ihr Schlaf tief, und so friedlich wie seit langem nicht mehr. Dass sie Nacht für Nacht Stuarts Strickpullover im Arm hielt, kam ihr zwar mehr als erbärmlich vor, leider gelang es ihr aber auch nicht, dies zu ändern.

Gemeinsam mit William und Alan schaffte sie es, in einem mehr als abenteuerlichen Unterfangen, zumindest das Dach wieder komplett abzudichten. Die wenige Zeit, in der sie nichts zu tun hatte, verbrachte sie damit, Songtexte einzustudieren, die sie längst vergessen oder schlichtweg verdrängt hatte.

Inzwischen kamen immer mal wieder einige der früheren Gäste zurück, um zu sehen, ob das Gerücht wirklich der Wahrheit entsprach, und Liz tatsächlich zurückgekommen war.

Der Morgen, an dem Marjorie eine neue Besprechung anberaumt hatte, bei der diesmal selbst T und Fatma anwesend sein würden, und an dem sie Stuart zum ersten Mal, nach dem Friedhof-Desaster wieder sehen würde, fing mit einem Selbstmordversuch an.

Fritzchen der Koi hatte es fertiggebracht, über den Rand der alten, gusseisernen Badewanne in die vermeintliche Freiheit zu springen. Was Fatma dazu brachte, lauthals um Hilfe zu kreischen, da sie selbst den Fisch nicht anfassen wollte. Liz war sich dabei nicht sicher, ob die Türkin Angst hatte, dem Fisch Schmerzen zuzufügen, oder sie sich einfach nur vor diesem ekelte.

Wenige Sekunden später war es ausgerechnet Stuart, der, scheinbar in höchster Alarmbereitschaft, vom Pub hochgerannt gekommen war. Ungläubig starrte er vom auf den überschwemmten Fliesen zappelnden Fisch zu ihr und zurück.

»Was?«, blaffte sie ihn ärgerlich an. »Falls du angenommen hast, ich hätte mir die Pulsadern aufgeschnitten oder dergleichen, muss ich dich leider enttäuschen, Ferguson!«

Er antwortete ihr nicht, verschränkte lediglich die Arme mürrisch vor der Brust und sah ihr dabei zu, wie sie verzweifelt versuchte, Fritzchen am Leben zu halten. Liz musste zugeben, dass es sicherlich einem tollen Schauspiel gleichkam, wie sie, immer wieder ausrutschend, versuchte, dem Fisch nahe genug zu kommen, um ihn packen zu können.

»Hat ein bisschen eine Ähnlichkeit mit Schlammcatchen, nur ohne Schlamm«, merkte Stuart, sichtlich amüsiert, an.

»Du doofer Fisch hast gleich keine Luft mehr«, fluchte sie und ignorierte ihn. Stattdessen versuchte sie, das glitschige Schuppentier festzuhalten. »Jetzt steh doch nicht da wie eine Götzenfigur, Ferguson. Tu etwas!«, fuhr sie ihn frustriert an.

Wie er so lässig am Türrahmen lehnte, in seiner Arbeitshose, aus der das T-Shirt mehr heraushing, als es darin steckte, und dabei so frisch, so gut gelaunt aussah, hätte sie ihn am liebsten erwürgt.

»Och, ich finde, du machst das ganz gut. Ziemlich flink, der Kerl.«

»Ferguson!«, knurrte sie drohend, wofür sie ein sarkastisches Grinsen erntete.

»Sag ‚Bitte, bitte, Stuart'. Vielleicht mache ich mir dann die Hände schmutzig. Wenn ich es mir allerdings recht überlege, wird mein Kaffee kalt.«

»Wage es nicht, mich mit diesem ... diesem Fisch hier alleine zu lassen. Stuart, bitte!«

Mit einem ärgerlichen »Ich habe keine Ahnung, warum ich ausgerechnet dir ständig helfe«, gesellte er sich zu ihr, und hatte binnen wenigen Sekunden, dank seiner großen Hände,

Fritzchen zurück in die Badewanne befördert. Ihr ziemlich kleinlautes »Danke, Stuart«, konnte nicht darüber hinwegtäuschen, wie unangenehm ihr diese ganze Sache war.

»Ich, an deiner Stelle, würde den alten Teich wieder flott machen. Eine Badewanne ist die reinste Tierquälerei für diesen armen Koi!«, entgegnete Stuart, und ging.

Zur Besprechung kam sie natürlich zu spät, da sie sich erst von den fischig stinkenden Kleidern befreien musste. Sie war die Letzte, welche die Küche des Pubs betrat.

Marjorie war bereits dabei, die Pläne zu erörterte. »Wie vielleicht einige von euch mitbekommen haben, sind am nächsten Wochenende die Highland Games angesagt. Es wird vor Touristen und potentieller Kundschaft nur so wimmeln. Wir müssen uns also etwas ausdenken, um diese Leute dazu zu bringen, unseren Pub zu besuchen, und nicht diese Fastfoodtempel oder diesen neuen Club«, erklärte Marjorie voller Enthusiasmus.

»Mutter, wie soll das funktionieren? Wir geben wirklich unser Bestes. Aber mir leuchtet nicht ein, warum sie ausgerechnet hier her kommen sollen«, sagte William, und erntete einen ärgerlichen Blick von seiner Mutter.

»Also, ich habe eure Karte studiert. Wie wäre es denn mit Whiskytastings, extra für die Touristen, und Whiskycocktails?«, schlug T vor.

»Du hast sie wohl nicht mehr alle! Cocktails? Womöglich noch mit Single Malt, und Unmengen an gestoßenem Eis?«

William sah aus, als würde er jeden Moment explodieren, was T jedoch überhaupt nicht hinderte, ihren Vorschlag zu vertiefen.

»Na, ich nehme doch stark an, dass der klassische Whisky Sour bis nach Schottland vorgedrungen ist. Der ist übrigens mit einem Blended Whisky. Schon mal etwas von ‚The Rob

Roy', oder von ‚The Thistle' und ‚The Scotch Rickey' gehört? Das sind alles fabelhafte Cocktails mit Single Malt Whisky.«

»Das ist mir völlig egal. Es tötet jedes bisschen Aroma mit diesem ganzen Eis. Das Whiskytasting meinetwegen. Lizzy, du kannst sowas doch? Aber dieses Cocktail-Zeug ... Nein!«, gab William lautstark seine Meinung kund.

»Ich finde, es hört sich nicht einmal so schlecht an. Wir müssen ja nicht die teuersten Whiskys für die Cocktails nehmen«, argumentierte Marjorie sachlich.

»Aber, Mutter!«

»Stuart, Liz und Mrs. T, ich möchte, dass ihr euch sofort an die Arbeit macht. Probiert diese Cocktails aus, alle beide. Ich möchte zwei Meinungen haben. Außerdem stellt ihr ein Tasting zusammen. Ich wage zu bezweifeln, dass es heute voller wird als gestern.« Marjorie überging ihren Sohn, ohne mit der Wimper zu zucken.

»Mutter das ist eine absolute ...«

»Ach, jetzt halt die Klappe, Willy. Sonst irgendwelche brauchbaren Vorschläge?« Marjorie, ganz der Clan Chief, sah jedem fest in die Augen, wartete.

»Wie sieht es mit einem Mittagstisch, oder einem Kaffee und Kuchen Angebot aus? Gab es nicht früher einmal Mum's Kuchen?«

»Aye, Lizzy. Die gab es. Es waren die besten Kuchen weit und breit. Aber deine Mutter weilt nicht mehr unter uns, und ich nehme nicht an, dass du in letzter Zeit oft zum Backen gekommen bist.«

Liz schüttelte den Kopf. »Nein, das bin ich nicht. Allerdings kann Fatma wunderbar backen. Sagtest du nicht, dass der Sohn von Vaters Freund, Munro war der Name, meine ich, uns mit Backwaren beliefert?«

»Ja, das stimmt. Philipp ist morgen wieder zum Aushelfen da, der Junge ist Alasdairs Ziehsohn. Wir könnten ihn fragen. Scones oder Rosinenbrötchen wären ein Anfang. Traust du dir zu, jeden Tag mindestens zwei Kuchen zu backen, Mädchen?«, drehte sich Marjorie im Rollstuhl etwas seitlich, um die Worte direkt an die junge Türkin richten zu können.

Eingeschüchtert, ihre Hände knetend, sah sie von Liz zu T und zurück. Augenscheinlich hatte sie zumindest verstanden, um was es ging. Ihr Nicken war zögerlich, doch sie antwortete mit einem sehr bestimmten »Ja.«

»Nun, dann hätten wir alles geklärt. Stuart, Liz auf ein Wort unter sechs Augen in meinem Büro!«, kommandierte ihr Clan Chief, in einer Tonlage die kein Wenn und Aber zuließ.

Williams Blick hatte etwas von Schadenfreude, während alle anderen sich nicht groß über den Umstand zu wundern schienen, dass sie und Stuart Marjorie in ihrem Rollstuhl zum abgelegeneren Teil des Untergeschosses folgten.

»Erinnerst du dich noch an unsere Stallungen, Liz? Dank dieses metallenen Ungetüms waren wir gezwungen, sie umzubauen. Behindertengerecht. Erinnerst du dich noch an Schneeflocke? Ach, sie war so ein schönes, edles Pferd«, seufzte ihre Tante voller Nostalgie, erwartete scheinbar jedoch keine Antwort von ihr.

Der Rollstuhl fuhr nahezu geräuschlos über die ebenerdigen Dielen, durch etliche vergrößerte Türrahmen und zwei Türen, welche via Knopfdruck von alleine auf und wieder zu gingen.

Stuart, ganz der Gentleman, ließ ihr den Vortritt und schien völlig in sich gekehrt zu sein. Nicht ein einziges Wort hatten sie beide bisher gewechselt. Alleine das genügte Liz, um bereits wieder sauer auf ihn zu werden. Weshalb konnte er sich nicht einfach normal benehmen?

»Ich hatte mich bereits gefragt, was aus den Stallungen geworden ist. Es ist schön geworden«, erwiderte sie, aus reiner Höflichkeit.

»Aye. Pferde hätten wir uns nicht mehr leisten können. Für wen auch ... Ich nehme nicht an, dass du deine Abneigung gegenüber Pferden abgelegt hast. Oder, Kind?«

Da sie nicht antwortete, schnalzte Marjorie missbilligend mit der Zunge. »Schließt die Tür bitte hinter euch. Dieses Haus ist alt, und manchmal hat es Ohren, wo es keine haben sollte.«

Sie waren im Büro angekommen. Während ihre Tante hinter den wuchtigen antiken Schreibtisch rollte, tat Stuart wie ihm geheißen.

»Ich rede nicht gerne um den heißen Brei herum. Zeit ist kostbar, ich habe keine mehr übrig, sagen meine Ärzte. Aber deshalb seid ihr beiden nicht hier.«

Liz kam sich vor wie ein kleines Kind, und in Stuarts Gesichtszügen konnte sie dasselbe Unbehagen lesen, das auch sie empfand. Es war fast wie eine Art Déjà-vue. Der Schreibtisch war derselbe, die Person dahinter war dieselbe, nur die Räumlichkeiten und das Erscheinungsbild der jeweiligen Personen hatte sich sehr geändert. Die Frage war nur: Was um alles in der Welt hatten sie und Stuart dieses Mal ausgefressen?

»Ich möchte wissen, was in euch beide gefahren ist? Ihr benehmt euch wie verzogene Kleinkinder, und glaubt ja nicht, dass ich nicht bemerke, dass ihr euch ständig aus dem Weg geht! Wie sollen wir den Karren aus dem Dreck ziehen, in dem er sich festgefahren hat, wenn nur ein Einzelner zieht und der Rest dabei zusieht?« Marjorie hatte sich am

Schreibtisch in die Höhe gezogen, stand nun mit wütend funkelnden Augen aufrecht vor ihnen.

»Bei aller Liebe, Tante. Aber ich glaube nicht, dass dich mein Privatleben etwas angeht!«, sagte Liz, im Begriff zu gehen.

»Wage es nicht, diesen Raum zu verlassen, Elizabeth Camille Conner! Du bist und bleibst eine von uns. Dein Vater hat dich nicht dazu erzogen, um feige den Schwanz einzuklemmen, wenn es mal brenzlig wird. Bei Gott, das Schicksal war nicht fair zu dir. Es war auch nicht fair zu mir. Dein Vater war mein Bruder. Er müsste heute hier vor euch stehen. Trotzdem, auch wenn dir Gott das Tanzen genommen hat, du hast noch immer eine Stimme, die du nicht einsetzt. Eine begnadete Stimme. Ich rede nicht von diesem Gebrumme, das du in letzter Zeit von dir gibst, Lass. Das ist weitaus mehr, als andere ihr eigen nennen können. Ich erwarte von euch beiden Professionalität!«

Es gelang Liz nicht, ihre Gefühle zu verbergen. Marjorie, der Feldwebel, wie Stuart sie insgeheim immer genannt hatte, entging nichts.

»Stuart, erspare mir dein dämliches Grinsen. Herr im Himmel, gerade von dir hätte ich mehr erwartet. Was ist mit euch beiden passiert? Ihr wart einmal unzertrennlich. Kannst du Liz nicht einfach helfend unter die Arme greifen, anstatt sie beständig zu provozieren? Benehmt euch wie zivilisierte Erwachsene.«

Tatsächlich schien es ihr, als würde Stuart neben ihr zusammenschrumpfen unter den Rügen ihrer Tante. Konzentriert starrte sie auf ihre Schuhspitzen, um nicht erneut Angriffsfläche für ihre Tante zu bieten.

»Professionalität, dass ich nicht laut lache!«, knurrte Stuart verärgert, als die Tür hinter ihnen ins Schloss gefallen war, und stampfte mit so großen Schritten voraus, dass sie kaum hinterherkam. Dass er so plötzlich stehenblieb, hatte sie nicht ahnen können, und lief ungebremst gegen seinen muskulösen Brustkorb.

»Aua. Was soll das, Stuart?«

Anstatt sich zu entschuldigen, schob er sie mit einem gezielten Stoß provokativ gegen die Wand.

»Sag mal, geht es noch?«, fuhr sie ihn an, konnte aber nicht verhindern, dass ihre Stimme dabei merklich zitterte.

»Ich warte?«, sagte er mit einer Stimme, die sie an das gestrige Donnergrollen erinnerte. Sein wilder Blick ließ fast augenblicklich alle Sicherungen bei ihr durchbrennen. Es fehlte wirklich nicht viel Phantasie, um sich selbst bereits Fragen zu hören: ‚Zu dir oder zu mir'?

»Wie bitte? Ich verstehe dich nicht?«, konterte sie, Gelassenheit spielend.

»Du hast es doch gehört? Wir sollen uns wie zivilisierte Erwachsene benehmen. Also gebe ich dir hiermit die Chance, mir die Antwort zu geben, auf die ich bereits sieben beschissene Jahre warte! Also, wo ist mein Mädchen?«, fragte Stuart, der sich dabei mit den Händen links und rechts ihrer Schultern an der Wand abstützte. Dabei berührte sein Atem ihre Haut. So vertraut, und doch so unendlich weit weg.

»Es gibt dieses Mädchen nicht mehr, Stuart. Ich habe es dir bereits oft genug gesagt«, erwiderte sie, so ruhig wie nur irgendwie möglich, ohne die Fassung zu verlieren.

Seine Hand umfasste ihr Kinn, zwang sie, ihm in diese warmherzigen, braunen Augen zu sehen. Wenn sie nur daran dachte, zu was sie genau diese Augen schon alles gebracht hatten. Es war wenig hilfreich, dass ihr Körper sich ebenfalls bestens daran zu erinnern schien. Ein Gefühl, als züngelten Flammen in ihrem Inneren und auf ihrer Haut, nahm Besitz von ihr. *Du wirst weder Weinen, noch auf einen Kuss warten!*, ermahnte sie sich stumm.

»Wir beide wissen ganz genau, dass sie noch da ist. Du bist so eine schlechte Lügnerin, Cami!«

Bevor sie die Tränen nicht mehr kontrollieren konnte, ließ er sie los. In einer einzigen Bewegung tauchte sie unter seinen Armen in die Freiheit ab, eilte zum Tresen des Pubs, als ob sie ihm dort entkommen könnte.

»Ach, da seid ihr ja endlich«, begrüßte Mrs. T sie fröhlich, während William neben ihr nur, mürrisch brummend, einem der wenigen Gäste ein Bier über den Tresen schob.

Sie konnte genau hören, wie er neben ihr geräuschvoll auf dem Barhocker Platz nahm. Ohne sich umzudrehen, wusste sie, dass es Stuart war. Seine Aura würde sie blind in einem ganzen Footballfeld voller Männer ausmachen können, auch wenn diese sich von jungenhaft zu männlich und einem Hauch von animalisch geändert hatte. T's irritierten Blick ignorierend, begann sie nervös mit den Beinen zu baumeln. Warum musste sie auch jetzt hier festsitzen, um ausgerechnet mit Stuart als Versuchskaninchen für Cocktails herzuhalten? Die Luft um sie herum erschien ihr stickig und so elektrisch geladen, dass sie nur noch auf den Stromschlag wartete, der sie Schachmatt setzte.

»Wir sind noch nicht fertig, Cami Sugar« erklang sein tiefer Bariton provozierend nah an ihrem Ohr, so dass sie vom Stuhl gefallen wäre, wenn er sie nicht gleichzeitig am Oberarm festgehalten hätte.

»Du kannst mich loslassen«, sagte sie, so würdevoll wie möglich.

»Da bin ich mir nicht ganz sicher!« Wie Stuart sie so ansah, die eine Augenbraue fragend in die Höhe geschoben, musste sie die Hände zu Fäusten ballen, um der Versuchung zu widerstehen, die Konturen seines Gesichtes entlang zu streichen, oder diese einladenden, für einen Mann viel zu vollen, Lippen doch noch zu küssen.

»Ich kann gut mitfühlen. Ich für meinen Fall würde diesen modernen Mist nicht anrühren!«, interpretierte William ihrer beiden Benehmen völlig falsch.

»Andere Leute würden sich glücklich schätzen, an meinen Kreationen teilhaben zu dürfen, Conner. Ich muss schon bitten! Wenn man eure hängenden Köpfe und eure Mienen betrachtet, könnte man meinen, ich wolle euch vergiften.«

T klang tatsächlich ziemlich angefressen. So war es nicht weiter verwunderlich, dass ihnen der erste Cocktail mit solchem Schwung auf den Tressen geknallt wurde, dass die Eiswürfel in den Gläsern klirrend protestierten.

»Whisky Sour, ich habe den William Lawsons genommen«, erklärte sie, die Lippen geschürzt.

»Aye. Now Rules, Great Scotch. Fehlen nur noch die halbnackten Laddies!«, spielte Stuart auf die für ihre typische Werbung bekannte Whiskymarke an, rührte dabei missmutig in seinem Glas herum.

»Tu dir keinen Zwang an«, konnte Liz sich nicht verkneifen, und ärgerte sich dabei bereits über ihre lose Zunge. An dem großzügigen Schluck, den sie, aus purer Verzweiflung über das, wie es ihr schien, anzügliche Grinsen seitens Stuart zu sich nahm, verschluckte sie sich prompt. Hustend, mit Tränen in den Augen, rang sie nach Atem. Stuart klopfte ihr ziemlich grob auf den Rücken.

»Es gibt Frauen, die sollten den Mund nicht ganz so voll nehmen!«, triumphierte er.

»Und? Wie ist er?«, unterbrach T ihre Frotzeleien.

»Zu sauer!«, blafften sie beide gleichzeitig gereizt, tranken jedoch trotzdem aus.

Diverse Cocktail-Versuche weiter, entfaltete der Alkohol bereits seine Wirkung. William verabschiedete sich für eine Gassirunde mit den Hunden, sowie angebliche Büroarbeiten, die sie ihm beide nicht abnahmen.

»Erinnerst du dich noch an Abraham Mull?«, fing Stuart ein Gespräch an. Sie nickte stumm. »Ich hab ihn knutschend mit Granny Mackenzie auf der Parkbank hinterm Friedhof erwischt.«

Liz konnte das belustigte Glucksen nicht verhindern. Dabei war Stuart wahrlich der Letzte, mit dem sie sich amüsieren wollte.

»Aber er ist doch schon weit über achtzig Jahre alt!«

»Aye. Wo die Liebe hinfällt... Du hast also in einer Tittenbar getanzt?«, wechselte er so schnell das Thema, dass ihr schwindelig wurde.

»Es war keine ... Warum könnt ihr Männer immer nur an das Eine denken? Es gab auch Varieté, und ich war keineswegs nackt!«

Weshalb musste Stuart jetzt alles wieder verderben? *Du bewegst dich auf ganz dünnem Eis!*, wollte sie sagen, blieb aber stumm.

»Da muss ich Lizzy Recht geben! Burlesque ist eine Kunst für sich. Immerhin wurden Frauen wie ‚Dita von Teese' damit berühmt. Du hättest sie sehen sollen, Stuart. Unsere Lizzy war eine der Besten. Und sie hatte diese pinkfarbenen Nippelquasten ...«, mischte sich T fröhlich lächelnd ein.

»So, so. Pinkfarbene Nippelquasten. Es wird interessant. Möchtest du das nicht genauer ausführen, Cami?«, fragte er trocken.

Liz prustete brüskiert, was dazu führte, dass sie feuchte Spuren von ‚The Scotch Rickey', dem Cocktail, welchen sie gerade tranken, auf dem Tresen hinterließ.

»Warum ist es mit Marisol schief gegangen?«, konterte sie, ihre heißen Ohren ignorierend, zur Ablenkung mit dem kühlen Glas in der Hand spielend.

»Och, lief eigentlich ganz gut mit uns. Dachte ich. Bis sie mir vorgeworfen hat, nicht gegen eine Frau bestehen zu können, die noch nicht einmal anwesend ist ... ich hatte zu viel getrunken und ... lange Rede, kurzer Sinn. Ich bin in deinem Bett eingeschlafen, sie hat mich erwischt.«

Liz zuckte zusammen. Sie musste sich verhört haben. »In meinem Bett? Meinem? Was, verdammt noch mal, hattest du in meinem Bett zu suchen, Stuart Ferguson? Du hast doch nicht ...« Entsetzt funkelte sie ihn an.

»Wo ho! Komm runter von deinem hohen Ross. Ich meine, du hattest mein Herz pulverisiert. Schon vergessen? Und selbst wenn ich Hand an mich gelegt hätte, würde es dich verflucht nochmal nichts angehen!«

»Mich nichts ... Stu, das war mein Bett! Mein Zimmer!«

»Wäre es eventuell möglich, dass die Herrschaften, so interessant ich die Einzelheiten auch finden würde, etwas gemäßigter streiten würden! Wir haben zwar nicht viel Kundschaft, aber die wenige, die wir haben, würden wir sicher gerne behalten«, merkte T an, die dabei mit dem Kinn auf zwei ältere Herren am Tresen wies, welche unnatürlich rote Gesichtszüge ihr eigen nannten.

Liz mochte sich gar nicht ausmalen, an was diese Männer gerade gedacht hatten.

»Daingead cac! Wenn dir wirklich so wichtig ist, was ich getan habe, oder nicht getan habe, warum gibst du mir dann noch immer keine Antwort auf meine Frage?«

Stuart hatte seine Stimme wieder unter Kontrolle, beobachtete sie jedoch lauernd, aus halb geschlossenen müden Augen, den schweren Kopf in die vom Arm gestützte Hand gelegt. Mittlerweile vernebelte der Alkohol ihre Gedanken. Wie viele Cocktails hatte sie überhaupt schon getrunken? Es fehlte nicht mehr viel und sie würde alles nur noch wie in Zeitlupe sehen. Plötzlich, ohne dass sie es hätte verhindern können, befand sich ihre Hand in der seinen. Ihre Finger begannen, miteinander zu tanzen, verschränkten sich.

»Weil keine Antwort deinen Erwartungen entspräche ...«, hörte sie sich wie aus weiter Ferne selbst flüstern, und ignorierte die schwere Zunge, welche an ihrem Gaumen zu kleben schien. Mühevoll wich sie seinem Blick aus, der bis tief in ihre kaputte Seele zu sehen schien.

»Es gibt so viele Frauen, Stu. Hast du denn nie versucht, eine Bessere zu finden?«

Er lachte traurig auf. »Aye. War nicht gerade ein Kind von Traurigkeit, nach dir. Hab sie nicht gezählt ... Da war Fiona Willies ...«

»Um Himmels willen, Miss Schmolllippe?«, hakte sie interessiert nach.

»Aye. Ging gar nicht, fast als lecke man an einem Würstchen,« erklärte er trocken, was sie beide unvermittelt lauthals zum Lachen brachte. »O ja und Lucinda Grant, die Frau ist die reinste Mogelpackung. Push-up BH, und glaub mir, man kann fühlen, ob es Silikon-Titten sind!«

»Du machst doch Witze? Hör auf, Stu«, presste sie unter weiteren Lachsalven heraus, boxte ihn dabei kameradschaftlich gegen die Schulter.

»Ach, und Sara Lachlans Mutter hat mich mit ihr auf dem Küchentisch erwischt. Ich fürchtete leibhaftig um mein Leben, als sie mit dem Wellholz und den Lockenwicklern im Haar hinter mir her rannte. Ich hatte noch nicht mal Zeit, meine Hose wieder richtig anzuziehen!«

»Das ist ein Bild, dass ich wirklich gerne mit eigenen Augen gesehen hätte. Hi hi hi hi«, gluckste Liz vor Lachen.

Gott alleine wusste, wie sehr er es vermisst hatte. Dieses ansteckende Lachen, dem es gelang, selbst den finstersten Ort zu erleuchten. Ein Lachen, das fast von Ohr zu Ohr zu reichen schien und ihr Gesicht strahlen ließ, als wäre es die Sonne selbst. Alleine dieses Glitzern in ihren Augen. Stuarts Herz schien sich zu verselbstständigen. Liebkosend führte er ihre ineinander verschlungenen Finger an seine Lippen, küsste sie. Liz ließ keinen Protest folgen.

Das war sein Mädchen. Die Frau, die sich nicht groß etwas aus Schminke oder Styling machte. Er war sich sicher, noch nie etwas Schöneres in seinem Leben gesehen zu haben als Elizabeth Camille Conner, die alles um sich herum vergaß, nur um zu Lachen. Schon lange hatte er sich nicht mehr so lebendig gefühlt, wie in diesem Augenblick.

T sah ihm dabei zu, wie er Liz immer und immer wieder aus der Reserve lockte, mit seinen Erlebnissen köderte, um mit noch mehr von diesen wundervollen Geräuschen von ihr belohnt zu werden.

»Ich bin mir nicht ganz sicher, ob ich gut finde, was du da tust, Ferguson!«, raunte sie ihm warnend zu.

»Der hier ist besonders gut, ich würde allerdings einen torfigeren Whisky nehmen. Ich glaube, es würde mit der Süße harmonieren«, antwortete er ausweichend.

Im Gegensatz zu Liz, war er nämlich noch gut in der Lage, die Cocktail-Kreationen zu beurteilen. Schließlich hatte er an den meisten Gläsern lediglich genippt. Dieses neumodische Zeug war einfach nicht sein Fall. Seiner Ansicht nach gab es genau zwei Dinge, die ein Mann nackt genießen musste. Einer davon war schottischer Single Malt Whisky!

Fürsorglich hatte er Liz's Barhocker näher zu seinem gezogen, damit sein Arm um ihre Taille ihr Halt geben konnte. Nicht, dass sie ihm vom Stuhl kippte, so betrunken wie sie bereits war. Was er tat, war falsch, das war ihm klar. Dennoch genoss er es, wie sie sich an ihn schmiegte. Die Wärme, die von ihrem zierlichen Körper ausging, heizte wie ein kleiner Ofen, sprang auf ihn über, drang angenehm durch den Stoff seines T-Shirts. Ihre süßen Lippen hatte sie an dessen Ausschnitt vergraben.

»Wenn du diese Situation ausnutzt, Ferguson, oder sie verletzt, ich schwöre dir, ich prügle dich krankenhausreif!«, drang die Stimme ihrer Freundin drohend zu ihm durch.

Ihm war bewusst, dass sie es ernst meinte. Ebenso, wie ihm klar war, dass eine Frau, die sogar ihn, mit seinen 1,90m, um einige Zentimeter überragte, und zudem über ansehnliche Muskelberge verfügte, niemand war, mit dem er sich anlegen wollte. Ganz zu schweigen davon, dass er keine Frauen schlug. Sein Blick blieb an dem gefährlich aussehenden Totenkopf auf ihrem Adamsapfel hängen. Genauso gut hätte sie sich ein ‚Vorsicht Gefährlich' Schild tätowieren lassen können. Der Effekt war der gleiche.

»Ich kann dir versichern, dass ich weder das eine noch das andere vor habe. Was ist mir dir, Theresa?«

Er konnte sehen, wie die große Frau sichtlich zusammenzuckte, als er ihren richtigen Namen benützte.

»Überrascht? Ich mag vieles sein, Theresa. Aber ich war schon immer gut im Kombinieren, außerdem sagt man mir nach, dass ich nicht auf den Kopf gefallen bin. Nach meiner Uhr haben wir Sperrstunde. Du hast also Feierabend. Nimm dir einen Drink, ich würde dir den ‚Rob Roy' empfehlen, und lass uns reden!«

Mrs. T straffte sichtlich die Schultern. Kommentarlos schenkte sie sich einen, mehr als großzügigen, Dram puren Single Malt Whiskys ein, bevor sie gegenüber von ihm Platz nahm. Was ihr noch mehr Respekt von ihm einbrachte.

»Lizzy schläft wie ein Baby, keine Sorge!«, beantwortete er ihren besorgten Blick.

»Du weißt also, dass ich nicht ihre Lebensgefährtin bin«, kam sie ohne Umschweife auf den Punkt.

»Ich denke, das wissen alle. Ebenso ist jedem von uns klar, dass Liz euch schützen will!«

»Gut. Was willst du dann von mir, Ferguson? Ich wüsste nämlich nicht, wie ich dir behilflich sein könnte.«

Herr im Himmel, die Frau war wirklich schwer zu knacken. Eine loyale Freundin. Das musste er ihr neidvoll zugestehen.

»Was ist in Hamburg passiert? Ich weiß, dass du es weißt, Theresa!«, setzte er ihr im Plauderton weiter zu, obwohl ihm selbst das Herz bis zum Hals schlug.

»Hör auf, mich bei diesem Namen zu nennen, STU! Ich bekomme jedes verfickte Mal eine Gänsehaut.«

Autsch. Da konnte jemand definitiv austeilen. Wenn er irgendetwas erreichen wollte, war er gezwungen, alles auf eine Karte zu setzen. Liz's Freundin war zu aufrichtig, um dieses Gespräch für sich zu behalten. Schmerzlich wurde ihm Liz's weicher Körper wieder bewusst, der voller Unschuld an ihm lehnte.

»Ich weiß, dass Lizzy ein Kind erwartet hatte, mein Kind.«

Im Nachhinein konnte er nicht mehr sagen, was mehr verletzte: die Tatsache, dass er wahrhaftig ins Schwarze getroffen hatte, und ihrer Reaktion nach hatte er das, oder dass dieses Kind, sein Kind, offensichtlich nicht mehr lebte. Lizzy war so einiges zuzutrauen, doch sie würde niemals ihr eigenes Fleisch und Blut wehrlos und alleine zurücklassen. *Das kannst du nicht wirklich wissen! Diese Frau hat dich sitzen lassen. Allen Liebesschwüren zum Trotz, hat sie dich verlassen!*, unkten seine Gedanken.

»Woher weißt du es? Lizzy hat es dir doch nicht wirklich gebeichtet? Nicht, nachdem ihr beide umeinander herschleicht wie Katzen, die beide an den Sahnetopf wollen. Falls du erwartest, dass ich sie hintergehe, hast du dich in mir getäuscht.«

Diese Lady war cleverer, als er ihr zugetraut hatte.

»Kannst du mir sagen, wie ich ihr helfen soll, wenn sie sich mir nicht anvertraut?«, appellierte er an ihre Freundschaft zu Liz.

»Nein. Und glaub mir, ich würde so ziemlich alles tun, um Liz zu helfen. Als ich sie kennengelernt habe, da hatte sie das Baby bereits verloren, und zwar keineswegs gewollt. Mehr werde ich dir nicht zu diesem Thema sagen.«

Akzeptierend nickte er. Ließ jedoch nicht locker.

»Was ist mit ihrem Unfall?«, bohrte er vorsichtig weiter nach, schob beiläufig die Whiskyflasche näher zu ihr, aus der sie sich bedient hatte. Es funktionierte trotzdem nicht. Mrs. T schenkte ihm ein verstehendes Schmunzeln.

»Ich lasse mich nicht von dir betrunken machen, Ferguson. So gern ich es täte, ich darf dir nichts dazu sagen. Lizzy hat mich schwören lassen.«

»Es war einen Versuch wert, aye. Sie kann verflucht hartnäckig sein, nicht? Meine Wee Lass. Machen wir es anders. Ich sage dir, was ich denke, und du brauchst lediglich zu nicken!«

»Ganz schön gerissen, Ferguson.«

»Es gab keinen Unfall, oder? Ich fasse einfach mal meine losen Gedanken zusammen. Erstens; Sie ist weder vor ein Auto gelaufen, noch mit einem verunglückt. Zweitens; wird sie merklich nervös, wenn ihr ein fremder Mann zu nahe kommt. Drittens; Flirtversuchen jeglicher Art geht sie aus dem Weg. Viertens; die Narbe an ihrem Kieferknochen sieht mir verdächtig nach einem Messer aus. Und fünftens; hat sie allem Anschein nach eine Riesenwut im Bauch, die sich gegen die Männerwelt zu richten scheint. Nicht groß genug für eine Vergewaltigung, aber trotzdem ...«

T stand so plötzlich auf, dass der Barhocker beachtlich ins wanken kam. Ein trauriges Lächeln umspielte ihre Mundwinkel, als sie mehrmals kopfschüttelnd verneinte. Es gelang ihm nicht, das erleichterte Aufatmen zu verbergen.

»Wenigstens das nicht! Wer war dieses Arschloch, T?«

Er versuchte, ihren Aufbruch zu verhindern, indem er nach ihrem Ärmel griff. Doch sie entwischte ihm und er konnte ihr nicht nachsetzen, ohne Liz loszulassen, was diese zwangsläufig unsanft auf den Boden befördert hätte.

»Stuart Ferguson, du liebst Lizzy und sie liebt dich, auch wenn sie es dir nicht gerade leicht macht. Fuck. Ihr beide seid der lebende Beweis für komplizierte Beziehungen. Du musst Geduld mit ihr haben. Nur sie kann es dir erzählen. Wenn ich es tue, hast du mehr zerstört als gewonnen!«, sagte sie leise und ging.

»O Gott, Cami. Cami, warum redest du nur nicht mit mir?«, flüsterte er verzweifelt und strich ihr die Haare aus dem entspannten Gesicht, die dem Haargummi entkommen waren. Schließlich bettete er sie behutsam in seine Arme und trug sie die Treppen empor in ihr Zimmer, wobei er peinlich darauf achtete, die ächzenden Stufen zu umgehen. Er wollte weder Liz noch sich in die Bredouille bringen. Außerdem stand ihm nicht der Sinn nach Erklärungen. Es gab viel zu viel für ihn zu verdauen, von dem er nicht wusste, wie zum Teufel er damit umgehen sollte. Geschweige denn, ob er es konnte. Körperlich war er Liz immer überlegen gewesen. Er war fast zwei Köpfe größer, hatte mehr Gewicht und verfügte über beachtliche Muskelkraft. Anders sah es jedoch bei der geistigen Stärke aus. Während bei ihm ziemlich schnell alle Sicherungen durchbrennen konnten, blieb Liz oftmals äußerlich ruhig und überlegend, ihre Schläge kamen berechnend, zielsicher. Schon immer war sie die besonnenere von ihnen Beiden.

In ihrem Zimmer angekommen, ohne sich das Genick zu brechen, war er mehr als froh, dass der nervige Mops nicht richtig laut bellen konnte. Kleiner als der Hauskater Goliath, benahm er sich, als wäre er eine Deutsche Dogge, wuselte und sprang beständig brummend um seine Beine herum, kaum hatte er das Zimmer betreten. Sanft legte er Liz in ihr Bett, zog ihr die Schuhe aus und steckte die Bettdecke wie einen schützenden Kokon um sie fest. Ganz so, wie sie es am liebsten hatte. Dabei fand er seinen vermissten Strickpullover. Warum lag dieser in ihrem Bett? Wie sie so dalag, vergraben in den vielen Kissen, wurde ihm schmerzlich bewusst, dass er nicht bei ihr in diesem schützenden Kokon lag, es vielleicht nie mehr dorthin schaffen würde. Allein dieser Gedanke genügte, um ihm Tränen in die Augen zu treiben. Merde!

Müde raufte er sich die Haare und sank in den alten, abgewetzten Ohrensessel, der schon immer gegenüber vom Bett gestanden hatte und, ebenfalls wie schon immer, voller Kleider war. Liz war seit jeher das Chaos in Person. Allerdings beherrschte sie dieses Chaos aus dem FF. Sie fand immer alles, was sie suchte.

Sein T-Shirt war am Ausschnitt feucht von ihrem Speichel, ein Umstand, den er regelrecht niedlich fand.

»A Dhia! Gott weiß, wie sehr ich es versuche, Cami. Ich hätte dir so viel zu sagen ... Aber wenn du mich ansiehst ... Ich bringe es nicht fertig. Es ist wie in diesen Songs, über die du dich immer lustig gemacht hast ... Liebeskranke Idioten-Musik, deine Worte ... mir bricht es das Herz, nicht für dich da gewesen zu sein. Du ahnst ja nicht, wie schwer es war, jeden Morgen aufzustehen, ohne dein verschlafenes Gesicht, deinen Morgengeruch. Mit den Jungs zu reden war noch nie dasselbe, wie mit dir. Ich fühle mich nicht mehr als Ich ...«, nach Worten ringend stockte er. »Scheiße, Sugar, du bist gegangen und ... hast einfach das Beste von mir mitgenommen«, flüsterte er und wischte ärgerlich die Tränen weg, die ihm kamen.

»Zum Teufel, ich wollte dich hassen, Elizabeth Camille Conner. Ich habs versucht, wirklich versucht. Stell dir vor, ich habe mich mit Vater geprügelt, bis Willy dazwischen ging. Ich dachte, er weiß, wo du bist, und sagt es mir einfach nicht. Dem Plattenlabel habe ich im Suff gesagt, sie können sich ins Knie ficken ... Eine Zeitlange habe ich alles flach gelegt, das nicht bei drei auf den Bäumen war. Ich wollte mich nur einmal wieder so lebendig fühlen, wie bei dir ... Und Marisol, es war ein Fehler sie zu heiraten. A Dhia, ich weiß noch nicht einmal mehr, was ich in ihr gesehen habe. Jedenfalls konnte ich ihren Ansprüchen nicht gerecht werden. Im Nachhinein habe ich es vielleicht sogar darauf angelegt, mich in deinem Bett erwischen zu lassen!«

»Stu?«

Er fuhr, wie von der Tarantel gestochen, aus dem Sessel empor.

»Scheiße. Du bist wach, Cami?«

»Mir ... Schlecht«, erklang Liz's Stimme gequält.
Geistesgegenwärtig griff er sich den Mülleimer, stürzte zum Bett, um ihn gerade noch rechtzeitig unter ihrem Gesicht zu platzieren. Mehrere Minuten lange füllte Liz den Blecheimer in seiner Hand mit unappetitlichem Inhalt. Konzentriert lenkte er sich ab, um nicht selbst zu würgen. Als wirklich wach konnte man ihren Zustand, zu seinem Glück, allerdings nicht bezeichnen.
Aus Angst, sie könnte an Erbrochenem ersticken, wagte er es nicht, zu gehen, sondern übernachtete unbequem in ihrem Ohrensessel, argwöhnisch beobachtet von ihrem Mops, der, wie der wortwörtliche Anstandswauwau, auf einem Berg aus Kissen in ihrem Bett thronte und ihn nicht aus den Augen ließ.
»Jetzt sieh mich nicht so vorwurfsvoll an, Hund. Ich habe sie schließlich nicht gezwungen, diese ganzen Cocktails zu trinken!«

Dumpfes Klopfen an der Zimmertür, sowie die Stimme von Mrs. T, rissen Liz und Stuart aus dem Schlaf.
»Lizzy, bist du wach? Seit wann schließt du denn die Tür ab? Lizzy?«
Verschlafen reckte sie sich, wurde sich dann Stuart's Anwesenheit bewusst, der, sichtlich erschrocken, den Zeigefinger an die Lippen hielt.
»Was tust du hier, Stuart?«, zischte sie leise.
»Nach was sieht es denn aus? Dir war ziemlich übel, also habe ich dich ins Bett gebracht und konnte dich dann nicht mehr alleine lassen, weil du den Mülleimer gefüllt hast!«, erwiderte er sarkastisch im Flüsterton.
Leise stöhnend hielt sie sich den Kopf. Entsprach das, was Stuart sagte, wirklich der Wahrheit?

»Wir haben aber nicht ... ?«, hakte sie vorsichtig nach.

Stuart rollte mit den Augen, verschränkte demonstrativ die Arme vor der Brust. »Und weil dein Bett so unbequem ist, habe ich dann freiwillig im Sessel genächtigt?«, murrte er, merklich genervt.

Vor sich hin schimpfend, schälte sie sich aus den Decken, nur um festzustellen, dass sie noch die Kleider vom Vorabend trug. Jetzt bekam sie ein schlechtes Gewissen. Bruchstücke des Abends fielen ihr jäh wieder ein. Warum brachte sie nicht einmal ein aufrichtiges Dankeschön über die Lippen?

»Lizzy? Lässt du mich jetzt vielleicht mal rein?«

Mehrere energische Schläge gegen die Tür zeugten von Mrs. T's Sorge.

»Gleich, T. Ich mache gleich auf«, beeilte sie sich, gezwungen fröhlich zu antworten.

Sie konnte Stuarts fragenden Blick in ihrem Rücken spüren und drehte sich langsam zu ihm um. Alleine das noch immer weit geöffnete Hemd, das die durchtrainierte Brust offenbarte, und der Anblick seiner vom Schlaf zerzausten Haare genügten, um sie sprachlos vor ungewollten Gefühlen zu machen. Flehend wies sie mit dem Kinn zum Fenster.

»Das ist jetzt nicht dein Ernst, Cami?«

»Bitte, Stu! Ich verspreche dir hoch und heilig, dass wir Klartext reden. Nur nicht jetzt. Mir platzt der Schädel. Oder möchtest du ihr Erklärungen liefern?«, raunte sie vorwurfsvoll und erntete ein ärgerliches Kopfschütteln, gefolgt von etlichen Flüchen, die Stuart beim Hinabklettern am Rosenspalier von sich gab.

Das Déjà-vue, welches sie dabei überkam, jagte ihr pulsierende Wärme durch die Glieder. Zu oft war er nach einer sinnlichen Nacht auf genau demselben Weg aus ihrem

Zimmer verschwunden. Entschlossen schritt sie zur Tür und drehte den Schlüssel.

Deutschland

David Brecker sah aus, als würde er sich jeden Moment einnässen. Dabei hatte Hanno noch überhaupt nicht richtig mit seinen Psychospielchen loslegen können. Wie er es hasste, sich mit solchen Memmen rumärgern zu müssen. Dummerweise war sein letzter Partner spurlos verschwunden und würde ganz sicher nicht wieder auftauchen. Es war eher unwahrscheinlich, dass irgendwer auf die Idee kam, das Fundament des neuen Einkaufcenters genauer unter die Lupe zu nehmen.

Schade eigentlich. Harry, so hieß sein letzter Partner, war um einiges intelligenter gewesen als dieser Kretin. Harry hatte jedoch den Fehler begangen, ihn zu erpressen.

»Ich höre, Brecker«, blaffte Hanno ungeduldig. »Ich ... ich habe sie gefunden. Auf der Passagierliste eines Flugs nach Edinburgh. Das ist in Schottland.«

»Ich weiß, dass das die Hauptstadt von Schottland ist, Brecker! Ehrlich gesagt, interessiert mich das aber nicht ein bisschen. Muss ich dir alle Einzelheiten aus der Nase ziehen, oder was?«

Brecker winkte beschwichtigend ab.

»Nein. Nein, Boss. Ihr Flug wurde mit denen von Theresa und Lucy Müller, sowie Fatma Özgür gebucht. Zusätzlich gemeldet sind Frachtpapiere für einen Hund, sowie einen Fisch. Interessant dabei ist Fatma Özgür. Sie ist 1998 in Hamburg geboren, und wurde von ihrer Familie als vermisst gemeldet.«

Der Eifer in Breckers Stimme ließ ihn insgeheim schmunzeln.

»Warum sollte mich eine deutschtürkische Schlampe interessieren, Brecker?«

»Weil es seltsam ist dass diese junge Frau, die im Übrigen im selben Haus wohnhaft ist wie Elizabeth Camille Conner, mit dieser spurlos verschwindet!«

»Ihre letzte Meldeadresse in Schottland?«

»Church Avenue – Grantown on Spey. Das ist, meine ich, ein Pub. Ziemlich alter Kasten.«

»Und wenn es ein Kloster wäre. Was juckt mich das? Besorg mir auf das nächste Wochenende einen Flug, samt Leihwagen. Und jetzt mach die Biege. Ich muss überlegen.«

Dass sie Verwandtschaft hatte, bei der sie sich verkriechen konnte, hatte sein Eliza Baby nie erwähnt. Allerdings würde sie das nicht vor ihm schützen. In gewisser Weise tat es ihm fast leid, dass er sie unter Umständen aus dem Weg schaffen musste. Sie war hübsch anzusehen gewesen, und ihr schottischer Akzent war eigentlich ganz niedlich. Andererseits hatten andere Mütter ja auch hübsche Töchter, und immer die Gleiche wurde mit der Zeit ja auch langweilig.

Scheiße. Für diesen Mist würde Hanno ein ganzes, erholsames Wochenende verlieren, und jeder wusste, wie heilig ihm seine Wochenenden waren!

Zur Sache, Sugar!

Schottland

Ihr erster gemeinsamer musikalischer Auftritt war zwar nichts im Vergleich zu denen von damals, aber er war, im Vergleich zu ihren Proben, annehmbar. Der Pub war voller als sonst, und es gab tatsächlich ein paar wahnwitzige Touristen, die sich auf T's Cocktails einließen.

Um mit Liz zu reden, war allerdings zu viel los gewesen, und bis Flipp, Munros Ziehsohn, der jeden Samstag aushalf, ihm mit dem Abbau der Bühnentechnik, sowie der Instrumente, geholfen hatte, war Liz spurlos verschwunden.

Einige Zeit hatte Stuart wirklich mit dem Gedanken gespielt, das verfluchte Rosenspalier, wie zu ihren Glanzzeiten, als er noch Liz's strahlender Ritter gewesen war, hinauf zu klettern. Da seine Angebetete aber in dieser Nacht stocknüchtern war und er sich Sorgen um sein Genick machte, beließ er es bei verschwendeten Gedanken.

Erschwerend kam hinzu, dass sich die junge Türkin plötzlich sehr redselig gab und mit Flipp auf der alten Bank in unmittelbarer Nähe zu jenem Rosenspalier befand. Auf dem Weg durch den alten Garten stellte er fest, dass es dringend notwendig war, das Unkraut aus den Fugen zu kratzen, und dass neben dem alten, nahezu trockenen Teich eine Schaufel, samt Schubkarren und diversen Eimern, stand. Scheinbar zählten seine Ratschläge immerhin noch etwas. Fröhlich pfeifend, die Hände in den Hosentaschen vergraben, machte er sich auf den Heimweg.

Liz war sich völlig bewusst, dass es unfair war, wie sie Stuart behandelte. Verbissen rammte sie den Spaten erneut in den schlammigen Teil der Erde des Teichs. Vermutlich würde sie Blasen an den Handflächen bekommen, doch es war ihr egal. Alles an Ablenkung war besser, als darüber nachzudenken, wie sie Stuart alle ihre Lügen beichten sollte, ohne das sie ihn vollends ganz verlor.

Nachdenklich stützte sie sich auf dem Endstück des Spatens ab. Fatma verabschiedete sich gerade ziemlich überschwänglich von Philipp, den alle nur Flipp nannten. Sie hatte keine Ahnung, woher diese seltsam klingende Abkürzung kam.

»Scheinen sich prächtig zu verstehen, die Beiden. Guten Morgen, Cami.«

Total überrascht von Stuarts plötzlichem Auftauchen, rutschte sie aus und landete mit dem Hintern im Dreck.

»Guten Morgen, Stuart«, erwiderte sie, wenig begeistert.

»Sieht ganz so aus, als könntest du Hilfe gebrauchen. Hübsche Gummistiefel«, sagte er, mit dem Blick auf ihr weißgepunktetes, pinkfarbenes Schuhwerk, wobei er ihr die Hand helfend entgegenstreckte. Dankbar ließ sie zu, dass er sie zurück auf die Beine zog.

»Meine neue Lieblingsfarbe«, erwiderte sie, so würdevoll wie es eben ging, wenn man über und über mit Schlamm besudelt war.

»Aye. Ich werde das Bild von dir, mit diesen pinkfarbenen Nippelquasten, in meinem Kopf nie mehr loswerden, fürchte ich. Dabei habe ich sie noch nicht einmal live gesehen. Inklusive Gummistiefel würde das sicherlich ein zauberhaftes Bild abgeben.«

Allein sein Augenaufschlag dabei, und die gespielte Ernsthaftigkeit, mit der er dies sagte, genügte, um sie auf der Stelle lauthals losprustend lachen zu lassen. Dies wiederum steckte Stuart ebenfalls an. Sie lachten beide so sehr, dass sie sich die Bäuche hielten.

»Ich hole mir noch einen Kaffee und dann helfe ich dir«, erklärte er im Begriff, zur Küche zu gehen. »Du könntest auch meinen nehmen. Ich hatte eigentlich bereits zu viel Koffein. Also, wenn du möchtest?«, beeilte sie sich zu sagen, wies mit dem Kinn zum kleinen Tisch an der Wand, auf dem ihre Tasse stand.

»Schwarz, wie die Nacht ...?«

»Aye, und wie meine Seele«, vervollständigte sie.

Gemeinsam schafften sie es tatsächlich, den Teich in kürzester Zeit zu vergrößern. Genügend Folie fand sich im Gartenschuppen, auch wenn dafür einige Mäuse offensichtlich ihr Zuhause verloren.

»Im Gartencenter, mit dem wir zusammen arbeiten, besorge ich dir noch ein paar günstige Pflanzen. Schließlich wollen wir die Suizidgefahr eures Prachtexemplars auf ein Minimum verringern.«

‚Wir' hieß Alan und er. Die Zeiten, in denen Alan und seine Familie einen eigenen Betrieb am Laufen hatten, waren lange schon vorbei.

Es fühlte sich sonderbar an, wie früher, einträchtig, ohne große Unterhaltung, miteinander zu arbeiten. Seltsamerweise schien es nach wie vor zu funktionieren, dieses Ohne-Worte-Verstehen. Liz zuckte nicht mehr zusammen, wenn Stuart sie versehentlich berührte. In gewisser Weise fand sie sogar Gefallen daran. Unbemerkt erlaubte sie sich, ihn zu beobachten. Dabei dankte sie der sommerlichen Hitze, die dafür gesorgt hatte, dass er sogar sein T-Shirt ablegte. Ungehindert konnte sie die Sicht auf das Spiel seiner Muskeln genießen. Aus dem kindischen Verlangen heraus, ihm ebenfalls gefallen zu wollen, öffnete sie den unteren Teil ihrer Bluse und band diese locker hoch. Bauchfrei ließ sich auch angenehmer arbeiten, bei den für Schottland ziemlich warmen Temperaturen.

Beim Feststecken der Teichfolie rutschte Liz ab, was dafür sorgte, dass Stuart eine Handvoll kühlen Schlamm abbekam, der zielsicher auf der Mitte seines Brustkorbs landete.

»Upps ... das war keine ...«, hob sie an, wurde aber mit einer gezielten Portion Schlamm genau in den Ausschnitt getroffen.

Stuarts Gesichtsausdruck dabei war so unverschämt sexy, dass sie ihn einen Augenblick nur anstarren konnte, als wäre sie hypnotisiert. Verflucht. Der elende Kerl hatte garantiert bemerkt, wie sie ihn beobachtet hatte. Sie fackelte nicht lange. Provozierend langsam, bückte sie sich nach einer neuen Ladung des kühlen Drecks, ließ diesen von der einen in die andere Handfläche fließen, als wäre es Sand, wobei sie ihn keine Sekunde aus den Augen ließ.

»Da wird jemand ganz schön frech! Ist es das, was dir da vorschwebt, Laddie?«

»Na ja, es gibt Menschen, die zahlen für ein Bad in solch hochwertigem Schlamm Unmengen an Geld. Außerdem hast du angefangen.«

Tatsächlich war Stuart schneller als sie. Die nächste Portion traf sie auf den Bauchnabel. Ehe sie sich versah, lieferten sie sich, unter beidseitigem Quietschen, eine Schlammschlacht, die Ihresgleichen suchte. Erst, als sie beide von Kopf bis Fuß eingesaut waren, und in einem Haufen aus Armen und Beinen, inmitten des spärlich mit Wasser gefüllten Teichendes liegen blieben, wurde Liz bewusst, wie nahe sie sich auf einmal waren.

Sie bildete sich ein, Stuarts pochenden Herzschlag durch ihre Bluse zu spüren. Sein Zeigefinger verselbstständigte sich, folgte sanft der Kontur ihres Gesichtes, wobei er nicht den

Fehler beging, über die noch immer scheußlich aussehende Narbe entlang ihres Kieferknochens zu streichen. Dabei ließ er sie keinen Augenblick aus den Augen, so, als wolle er keine Regung von ihr verpassen. Himmel, sie hätte ertrinken können in diesen liebevollen braunen Augen. Seine sanfte Berührung sorgte dafür, dass sie die Luft anhielt aus Angst, dass er jäh aufhörte. Plötzlich war sein Finger an ihren Lippen angelangt, wo er kaum spürbar verharrte. Würde er sie küssen? Ob sein Kuss noch so schmecken würde wie damals? Ging sie zu weit, wenn sie die Lippen für ihn öffnete?

Ein zielsicheres Platschen, genau dort, wo der meiste feuchte Schlamm lag, gefolgt von einem noch größeren Platschen und Hundebellen, ließ all ihre Gedanken und ihre Sehnsucht nach diesem Mann platzen wie eine Seifenblase. Gleichzeitig wurden sie beide von zum Spiel auffordernden Hundenasen und Pfoten attackiert.

»Was zum Henker ... Aus! Um Himmels willen, pfui ...«, versuchte Liz, sich vor der großen irischen Wolfshündin Tinkerbell in Sicherheit zu bringen. Inzwischen nahm Brutus ein ausgiebiges Bad im feuchten Schlamm und teilte die freudige Entdeckung lautstark mit Tinkerbell, die nun zwar von Liz abließ, sich dafür aber wie ein Wildschwein wälzte.

Stuarts lautes Lachen schien die ganze Teichfolie zum Vibrieren zu bringen.

»Wie kannst du so ruhig bleiben, Stu? Wenn das hier rauskommt, sind wir beide einen Kopf kürzer.«

Plötzlich erscholl das freudige Geschrei eines Kindes, und sie sahen sich beide nur entsetzt an. Stuart reagierte als Erster, stand eilig auf.

»Lucy, mo cridhe. Bleib stehen. Du willst ganz sicher nicht dein hübsches Kleid schmutzig machen. Lucy, nicht ...«

Stuart gab wirklich alles, um die Kleine zu erwischen, bevor sie kopfüber im Dreck steckte. Vergebens. Mit einem lautstarken Jauchzer, hüpfte das Mädchen den Hunden hinterher und entwischte dabei Fatma, die händeringend, im Schlepptau des Kindes, angerannt kam.

»Lucy! LUCY! O nein. Böse Lucy. Deine Mutter erwürgt mich!«, kreischte die Türkin beim Anblick der sich im Schlamm wälzenden Kleinen.

Als ob das alles nicht bereits unangenehm genug gewesen wäre, zumindest, wenn man die Putz- und Waschaktion bedachte, die zwangsläufig würde folgen müssen, war ein lautes, fassungsloses Keuchen zu vernehmen. Liz sah in Stuarts Gesichtszügen dasselbe Entsetzen, das von ihr Besitz nahm. Im Schutz von Stuarts breitem Rücken kam sie zurück auf die Beine. Dabei fühlte sie sich, als wären sie bei weitaus mehr überrascht worden, als tatsächlich passiert war.

»Schlammcatchen? Seid ihr zwei jetzt von allen guten Geistern verlassen? Warum werde ich das Gefühl nicht los, dass ihr beide verpasst habt, erwachsen zu werden? Du brauchst dich gar nicht hinter seinem Rücken verstecken, Elizabeth Camille!«

Die ärgerliche Abfälligkeit, mit der Marjorie sie beide bedachte, ließ jeglichen Protest, der ihr auf der Zunge lag, verstummen. Was hätte sie auch sagen sollen? Dass die Hunde, samt dem Kind und ihrer Tante, ein sehr schlechtes Timing besaßen? Wobei man Schlammcatchen nicht unbedingt als romantisch bezeichnen konnte, oder?

»Es ist nicht so, wie es auf den ersten Anblick vielleicht wirken mag, Marjorie«, setzte Stuart vorsichtig zu ihrer Verteidigung an, beließ es aber dabei, als ihr weiblicher Chief ihn mit erhobenen Augenbrauen tadelnd ansah.

»Ach, halt doch die Klappe, Stuart!«

Marjorie Conner drückte sich mit den Armen an den Lehnen ihres Rollstuhls in den Stand. Trotz ihrer lediglich 1,65cm, wirkte sie sofort als Herrin der Situation. Obwohl Liz, ebenso wie Stuart, wusste, dass ihre Tante ganz genau wusste, wie sie ihre Krankheit samt ihrem Rollstuhl zu ihrem Vorteil nutzen konnte, um sich Respekt zu verschaffen, kamen sie sich beide wie die Kinder vor, denen Marjorie Conner ziemlich oft die Leviten gelesen hatte.

»Ob sie wohl dieses Teil aus Weide noch besitzt?«, flüsterte Stuart verschwörerisch und hielt dabei ihre Hand fest.

»Gott bewahre. Das, mit dem sie den Staub aus den Wandteppichen geschlagen hat?«

»Aye. Und die Flausen aus uns. Mir tut der Arsch bereits jetzt weh!«

Ihre Unachtsamkeit wurde ihnen mit eisigkaltem Wasser heimgezahlt, das sie aus dem Gartenschlauch traf und in kürzester Zeit bis auf die Haut durchnässte. Marjorie Conner hörte erst auf, als sie beide vor Kälte bibberten. Wobei Fatma immerhin die Kleine vor dieser Attacke gerettet hatte, und sich allem Anschein nach über das Schauspiel, das sich ihr bot, köstlich amüsierte. Die Ehrfurcht vor ihrem weiblichen Clan Chief war zu groß, um sich zur Wehr zu setzen, oder brauchbaren Protest von sich zu geben. Selbst die Standpredigt hörten sie sich mit vor Demut hängenden Köpfen an, ohne sich zu rühren.

»Ich sage euch jetzt ganz genau, was ihr beiden tun werdet. Und ich dulde keine Weigerung. Seht zu, dass ihr das Kind und diese beiden Hunde wieder sauber bekommt. Sorgt hier für Ordnung. Ich erwarte euch in bester Verfassung, standesgemäß wie vor sieben Jahren, pünktlich auf meiner Bühne. Und wenn ihr zwei mir heute keine Show abliefert, die sich gewaschen hat, werde ich Stuart feuern und an die Meistbietenden, heißen sie MacDonalds oder wie auch immer, verkaufen, so wahr ich hier stehe!«

Warum konnte nicht ein einziges Mal etwas funktionieren? Wieso mussten die Hunde und Lucy gerade dann auftauchen, wenn er damit beschäftigt war, Liz's Mauern einzureißen? Alles hatte sich so gut, so richtig angefühlt. Die fremde Liz war wieder zu seinem Mädchen, seiner Cami geworden. Wenn sie nicht unterbrochen worden wären ... Sein Puls stieg bereits, alleine bei dem Gedanken an das Was-wäre-wenn, beachtlich an. Wenn er es recht bedachte, war es sogar besser für sie beide, dass man sie unterbrochen hatte. Stuart glaubte kaum, dass er fähig gewesen wäre, Liz zu widerstehen. Dennoch war er über Marjories rüde Art ziemlich verärgert. Es gab wohl kaum eine plumpere Art, ihm zu drohen. Leider mochte er den Job im Pub zu gerne, um ihn einfach an den Nagel zu hängen.

Fakt war jedoch, dass ihr Chief immer und unwiderruflich zu ihrem Wort stand. Was ihn jetzt ziemlich unter Druck setzte, zumal er immer noch die Hypothek auf das elterliche Haus abstottern musste, das sein Vater ihm bereits zu Lebzeiten vererbt hatte.

Es kam ihm ein bisschen wie ein Traum vor. Liz's Hand in seiner, ihr Herzschlag gut spürbar an seiner Brust. Schlagartig waren sie beiden wieder die unbedarften jungen Künstler gewesen, die sich damals so nahe gestanden hatten, als wären sie ein Fleisch und ein Blut. So, wie es in diesen kitschigen Liebesfilmen und Romanen immer so schön hieß.

Unerfreulicherweise hatte Marjorie Conner, bewaffnet mit dem Gartenschlauch, diesem süßen Traum mit der Wucht eines Vorschlaghammers alle Süße genommen. Zum

Teufel. Wie hatte er vergessen können, wie kalt das Wasser aus diesem Gartenschlauch sein konnte?

»Du hast dich viel zu lange nicht mehr um diesen Garten gekümmert«, gab er sich selbst Antwort.

Der Vorteil von nicht vermieteten Zimmern lag definitiv darin, dass er jetzt zumindest eine heiße Dusche nehmen konnte. Die Kleider für den Abend hatte er bereits auf dem, mit einer Plastikplane abgedeckten Bett ausgebreitet. War es nicht seltsam, dass er bereits am Morgen alles hier hochgebracht hatte? Fast, als hätte er bereits etwas geahnt.

Gelächter und das Klappern von Geschirr drangen aus dem Pub zu ihm nach oben, zeugten bereits von jeder Menge zahlungswilliger Gäste. Diesen Abend war es sein Job, diese Menschen zu unterhalten, sie zu animieren, ihr Geld in Getränke und Essen zu investieren. Ob Liz von der Hypothek, die auf den Pub lief, wusste?

Irritiert blieb er vor dem beschlagenen Spiegel stehen, wischte mit einer Ecke des Handtuchs den Wasserdampf weg, um ungehindert Sicht auf das Schmunzeln, welches um seine Lippen lag, zu bekommen. Es schien den harten Konturen seines Antlitzes etwas Weiches zu geben.

»Okay, Lad. Du versaust es nicht. Dieses mal nicht!«, machte er sich Mut und griff sich seinen Kilt.

»Schon schade. Es existieren wirklich keine Handyfotos von euch? Bist du dir sicher?«

Liz tat so, als würde sie Mrs. T's Frotzeleien nicht hören. Um sich abzulenken, half sie, wo auch immer sie benötigt wurde. Überraschenderweise war der Pub bis auf den letzten Platz gefüllt. Die Anzahl der Einheimischen war zwar überschaubar, aber die Touristen, die dank der bevorstehenden Highland Games gekommen waren, waren gute, zahlende Kundschaft. Bei ihr sorgten die ganzen fremden Menschen regelrecht für Panik. Die Korsage ihres Tartankleides schien ihr die Luft abzuschnüren, und die Stäbe drückten ihr unangenehm in die Brust. Was, wenn sie mit einem ihrer Füße in dem Kabelwirrwarr auf der Bühne hängen blieb? Wie ging der Text des einen Songs noch mal? In ihrem Kopf herrschte heilloses Durcheinander.

Bevor sie selbst wusste, wie ihr geschah, fand sie sich, die Beine an den Leib gezogen, auf dem zugeklappten Toilettendeckel wieder.

»Verflucht, Gerry, ich kann das nicht mehr ...«, erklärte sie dem Schotten aus Sperrholz nachdrücklich.

Himmel, ihre Stimme klang wie die einer Dreijährigen, wenn sie nicht bekam, was sie wollte! Die Außentür zu den Toiletten schwang mit einem vernehmlichen Quietschen auf und fiel mit einem dumpfen Schlag wieder zu.

»A Dhia. Sollte dringend geölt werden«, konnte sie eindeutig Stuarts Stimme hören. Was suchte er auf der Damentoilette?

»Cami? Ich weiß, dass du Gerry da drin Gesellschaft leistest.« Über der Trennwand erschien sein Kopf. »Hi, Lass. Lampenfieber?«, fragte er, von oben herab blickend.

»Das ist die Damentoilette, du kannst doch nicht einfach ...«, protestierte sie, so würdevoll, wie es ihr in dieser Situation möglich war.

»Doch, kann ich.«, erwiderte er, das Kinn auf die Trennwand ablegend. »Immerhin ist es so etwas wie Gefahr im Verzug. Ich hab dich rennen sehen, Cami. Sah aus, als hättest du den Teufel höchstpersönlich im Nacken!«

Seine Augen glitten neugierig an Gerrys Gestalt auf und ab. »Hui. Sieht aber ganz schön lädiert aus, Gerrys Kilt. Ihr Frauen seid aber auch ziemlich voyeuristisch veranlagt«, merkte Stuart mit einem koketten Augenaufschlag an, der sie automatisch dazu brachte, zu lächeln.

»Aye. Schon besser. Das ist mein Babe!«

»Stu, ich hab 'nen Texthänger und meine Zähne klappern ... Ich glaube, ich bring das nicht!«, bekannte sie zögerlich.

»Sugar, du siehst so heiß aus. Kein Kerl wird auf deinen Text achten, und die Frauen werden hoffentlich auf ihre Männer aufpassen.«, raunte er mit einem derart tiefen Timbre, dass es ihr durch und durch ging. »Außerdem hast du mich, und du kennst doch noch die goldene Regel für Musiker, richtig?«, fragte er augenzwinkernd.

»Aye. Wiederhole es so lange, bis es dir wieder einfällt?«

»Ganz genau. So ist es. Du kennst das doch vom Tanzen. Jetzt komm raus.«

Kaum hatte sie die Tür aufgeschlossen, fand sie sich auf der Wickelauflage wieder, auf die Stuart sie kurzerhand gesetzt hatte. Missbilligend mit der Zunge schnalzend, entfernte er vorsichtig mit seinem feuchten Stofftaschentuch und der Bemerkung »Es ist unbenutzt, keine Sorge!« ihre verschmierte Wimperntusche. Verflucht, sie hatte völlig verdrängt, wie fürsorglich und einfühlsam dieser Kerl sein konnte! Unstet wichen ihre Augen, um Ablenkung bemüht, seinen Blicken aus.

Auch wenn ihre Gründe noch so löblich gewesen waren, Stuart zu verlassen war der schlimmste Fehler, den sie je begangen hatte. Alle seine Bemühungen ihr gegenüber sorgten dafür, dass sie sich unendlich schäbig vorkam. Wie konnte er so um sie bemüht sein, wo sie ihm die letzten sieben Jahre nur Kummer bereitet hatte?

Den Weg durch all die besetzten Tische zur Bühne meisterte sie nur, weil sie die Augen stur auf Stuarts breiten Rücken lenkte. Wie Moses das Meer einst teilte, so machten die Gäste des Pubs dem großen, schlaksig wirkenden Mann im Kilt Platz, der sie an einer Hand hinter sich her dirigierte.

Im Scheinwerferlicht der Bühne, geblendet von der Helligkeit, verschwammen die Gäste zu Schemen und Umrissen. Was ihr im Moment nur recht war. Stuart drückte ihr die Bodhrán in die gefühllose Hand.

»Ich beginne. Du singst nur den Background-Refrain. Das zweite Lied ist dann deines. Du kannst das, Cami.«, redete er beruhigend auf sie ein, während er seine Gitarre stimmte und per Blickkontakt mit dem Publikum flirtete. Ihre Stimme passte sich, völlig automatisch, der getragenen Version von Dougie Macleans ‚Caledonia' an. Als der Applaus verstummte und Stuart die ersten Takte von ‚Ride on' anschlug, schloss sie die Augen und gab sich ganz der Melodie und dem Text hin.

»True you ride the finest horse I've ever seen, standing sixteen, one or two, with eyes wild and green...«

Erst, als der Applaus über sie einbrach wie eine Welle, öffnete sie ihre Augen wieder. Sachte nickend gab sie Stuart das okay für das erste gemeinsame Duett nach so langer Zeit.

Unerwarteterweise fiel es ihnen beiden leichter, als angenommen, ‚Stumblin' in' ebenso voller Lebensfreude und mit Spaß zu performen, wie die Originalinterpreten Suzi Quatro und Chris Norman es getan hatten.

Unter den anfeuernden Rufen der Gäste, tauten sie beide immer mehr und mehr auf, wurden wieder zu dem Paar, das den Pub berühmt gemacht hatte.

Nach dem moderneren Stück ‚Calm After The Storm' von The Common Linnets, folgte ‚Where the Wild Roses Grow' zu dem Liz, Vamp-like, den geschnürten Hemdkragen von Stuart ein ganzes Stück weit öffnete und sich, halb auf dem kleinen Bistrotisch liegend, der neben seinem Barhocker stand, lasziv räkelte.

Zum Teufel, was für eine Hammer Show. Stuart konnte noch immer kaum fassen, wie sinnlich Liz, nach ihren anfänglichen Schwierigkeiten, performt hatte. Als sie ihm ans Hemd gegangen war, und es zur Freude der Ladys im Publikum beträchtlich weit geöffnet hatte, pulsierte soviel Erregung durch seinen gesamten Körper, dass er Liz am liebsten sofort geschultert hätte, um in ihr Zimmer zu verschwinden.

Er, der Perfektionist, hatte, vom Publikum unbemerkt, zweimal komplett falsche Saiten angespielt. Natürlich hatte Liz, dieses kleine Biest, es trotzdem bemerkt und sich dann provokativ so heiß auf seinem Tisch geräkelt, dass er ganz genau erkennen konnte, dass sie noch nicht einmal einen BH trug. Es schien ihm, als müsse jeder das Knistern, das zwischen ihnen beiden herrschte, fühlen und sehen.

Nach etlichen Händedrücken, Autogrammen, sowie Kussmündern von Liz auf diversen Bierdeckeln und abgelehnten Getränke-Einladungen, hatte der Pub sich endlich geleert. Er verspürte einen Anflug von Eifersucht beim Anblick von Liz, die drei der besonders hartnäckigen einheimischen Gäste mit sehr viel Charme hinauskomplimentierte.

Nun stand sie hinter dem Tresen, wo sie, zu ‚The Parting Glas' von Tina & Basil Wolfrhine wippend, das gerade bei Schottenradio lief, Gläser spülte und polierte, während er Tische abwusch und aufstuhlte.

»Immerhin ist diese Strafe leichter zu ertragen, als, in unserem Alter, womöglich den Hintern versohlt zu bekommen«, versuchte er es mit einer unverfänglichen

Plauderei. Liz's bejahendes Nicken sorgte dafür, dass mehrere Haarsträhnen aus ihrer Hochsteckfrisur entwischten und sich in ihrem Nacken kringelten.

»Aye. Dafür haben wir hier trotzdem noch genügend Arbeit aufgebrummt bekommen«, konterte sie seufzend.

Was natürlich der Wahrheit entsprach. Man hatte sie beide mutterseelenalleine gelassen, was aber ganz in seinem Sinn war, da um 1.00 Uhr in der Nacht nicht mehr mit Unterbrechungen jeglicher Art zu rechnen war, und er noch einiges zu klären hatte.

»Du hast eine wirklich gute Performance hingelegt, Cami«, lobte er sie, und freute sich über die leichte Röte, die dieses Kompliment in ihrem hübschen Gesicht auslöste.

»Danke. Dieses Kompliment kann ich nur zurückgeben. Immerhin ist es dir zu verdanken, dass ich nicht den ganzen Abend auf der Damentoilette, in Gerrys Gesellschaft, verbracht habe!«

»Das war reiner Selbsterhaltungstrieb«, beschwichtigte er, kam auf sie zu und schob sich näher, als nötig, an ihrer hübschen Kehrseite vorbei, um zwei Whiskygläser und den Laphroaig aus dem Regal zu nehmen.

»Wie ist es so in Hamburg?«, fragte er beiläufig, während er ihnen großzügig Whisky einschenkte.

»Viele Schiffe. War nicht ganz meins.«, antwortete sie ausweichend.

Er klopfte einladend auf den Barhocker neben sich, und sie folgte dieser Einladung, wenn auch zögerlich.

»Was soll das werden, Stu? Ein Rendezvous?«

»Erwischt. Ich dachte, jetzt, wo wir alleine sind, könnten wir in aller Ruhe reden.«

Er hatte kaum ausgesprochen, schon schien sich Liz zu verkrampfen.

»Wenn du noch fester zudrückst, zerbrichst du das Glas«, raunte er sanft und nahm ihre Hand in die seine, alarmiert von der Kälte ihrer Finger.

»Ich weiß, dass ich mit dir reden sollte, Stu. Es ist auch nicht so, dass ich es nicht wollte, aber ... es gibt einfach Dinge, tief in mir drin, die ich nicht in Worte fassen kann. Dinge, die so fürchterlich sind, dass ich ...«, versuchte sie zu erklären und hörte sich dabei schrecklich verunsichert an.

»Wir konnten immer über alles reden, Cami. Stoß mich nicht wieder weg!«

Behutsam strich er ihr mehrere Strähnen aus dem Gesicht und hauchte ihre Hände an, um sie dann vorsichtig warm zu reiben. Passenderweise lief just in diesem Moment ‚71 Chain' mit ‚The Gail' auf Schottenradio.

»Ich weiß, weshalb du gegangen bist, Elizabeth Camille Conner. Nur mit dem Verstehen habe ich, ehrlich gesagt, ziemliche Probleme«, bekannte er.

»Du weißt gar nichts, Stuart Ferguson!«, erwiderte sie hart, entriss ihm ihre Hände, und stand so schnell auf, dass der Barhocker mit Getöse auf den Boden knallte.

»Ich wollte nicht, dass du mich irgendwann hasst, weil du diese eine Chance platzen lässt. Und du, du unterschreibst einfach diesen Vertrag nicht! Ich hab so viel ... und du blöder Idiot. Weißt du, wie oft ich mir wünsche, ich könnte die Zeit zurückdrehen? Es ist alles so falsch gelaufen. Es gab kein Stipendium. Ich wollte einfach nur wegen mir und ...«

»Unserem Kind? Ich weiß es, Cami.«

Das Entsetzen in ihrem Gesicht und die taumelnden Schritte rückwärts brachen ihm fast das Herz. Wie in Zeitlupe stand er auf, um ja keine falsche Bewegung zu machen. Abwehrend hatte sie einen Arm nach ihm ausgestreckt.

»Du kannst es nicht wissen. Ich habe es niemandem ...«, flüsterte sie mit brechender Stimme.

»Du warst noch nicht lange fort, da habe ich Shona Willis und Adam Grant erwischt, wie sie über dich herzogen. Shona hat Adam erklärt, dass er froh sein könne, dass es mit dir und ihm nie etwas geworden ist. Du wärst schließlich eine stadtbekannte Schlampe und nur, weil dich einer geschwängert hat, seist du abgehauen. Es ist nie an die Öffentlichkeit gedrungen, ich hab dafür gesorgt.«

»Das darf sie nicht. Shona darf das nicht. Die...die Schweigepflicht gilt auch für...für Sprechstundenhilfen ... ich ...«, stotterte Liz und wich weiter vor ihm zurück, die Augen voller Tränen.

»Ich wusste, dass es mein Kind war ... Warum, Cami? Glaubst du nicht, dass ich auch ein Mitspracherecht besessen hätte? Gehe ich Recht in der Annahme, dass du mir das Herz gebrochen hast, um meiner Zukunft nicht im Wege zu stehen?«

Sie brauchte ihm nicht mehr in Worten zu antworten. Er konnte die Wahrheit in ihrer gequälten Mimik und ihrer Gestik sehen. Die Wucht dieser Erkenntnis riss ihm selbst fast den Boden unter den Füßen weg, trieb ihm nun ebenfalls Tränen in die Augen.

»Wie?«, flüsterte er rau und konnte es nicht fassen, dass Liz seiner flehend ausgestreckten Hand auswich, als trüge sie alle Schuld an dieser Tragödie alleine.

»Auf ... auf der Toilette eines Einkaufcenters. Ich hatte es mir so gewünscht ... Es war alles, alles was mich nach Mum's Tod am Leben gehalten hat ...« Ihre Stimme war kaum hörbar.

»Es war nicht deine Schuld, Cami! Hör auf, dir alleine die Schuld zu geben! Gib mir eine Chance. Lass mich deine starke Schulter sein. Du bist jetzt hier und wir werden das schaffen. Gemeinsam, Cami!«

Wie sie, voller Panik, verneinend den Kopf schüttelte, flogen mehrere ihrer Haarnadeln davon. Stuart versuchte, ihre Hände zu fassen zu kriegen, aber sie schlug seine weg. Herr im Himmel, sie kam ihm vor wie ein panisches Pferd. Dass sie vor ihm floh, ohne ihn aus den Augen zu lassen und versuchte, Tische und Stühle als Deckung zwischen sie und ihn zu bekommen, schmerzte höllisch.

»Nichts wird mehr gut, Stuart. Nie mehr! Ich bin nicht gut für dich. Was solltest du mit einem nervlichen Wrack anfangen wollen?«

»Das ist Bullshit, und das weißt du auch!«, knurrte er und schob, begleitet von den durchdringenden Tönen der Piepes im Internetradio, den Tisch, der sie trennte, so kraftvoll aus dem Weg, dass dieser mit einem lauten Knall samt den Stühlen umkippte.

»Jetzt sage ich dir mal etwas, Cami. Marisol hat mich verlassen, weil ich bald jeden Tag in deinem Bett geschlafen habe. Alle diese Frauen in den letzten sieben Jahren hatten ein großes Problem: Sie waren nie gut genug. Keine hat mich so angesehen wie du. Keine war so gut wie du, weil sie alle nicht DU waren!«, schrie er sie an, und duckte sich gerade noch rechtzeitig vor dem Kerzenständer, den sie nach ihm warf.

»Hör auf, Stuart Ferguson. Bitte, hör auf! Ich kann das nicht ... ich will es nicht ...«, brüllte sie wie ein verwundetes Tier zurück.

»O doch! Ich bin die letzten sieben Jahre ebenfalls durch die Hölle gegangen! Du wirst dir anhören was ich zu sagen habe, Elizabeth Camille Conner, und wenn ich diesen ganzen Pub in Kleinholz zerlegen muss! Zufälligerweise liebe ich dich nämlich, und das, obwohl du mich wirklich den letzten Rest meines Verstandes kostest. Ich werde nicht einfach aufhören, um dich zu kämpfen. Wenn ich einen Anhaltspunkt gehabt hätte, wo du in Hamburg warst, bei Gott, ich hätte dich zurückgeholt!«

Liz war augenscheinlich so durcheinander, dass sie sich selbst in eine Sackgasse manövriert hatte. Stuart verlangsamte sein Tempo noch mehr. Den Rücken an die Wand gepresst, beobachtete Liz jede Bewegung, die er machte. Gespielt locker, lehnte er sich gegen den großen Tisch, der sie beide voneinander trennte.

»Ich weiß, was dir passiert ist, Cami. Das mit deinem Knie, der Narbe am Kiefer ... «, sagte er und hob gleichzeitig beschwichtigend beide Hände in die Luft, weil sie aussah, als ob sie ihm ins Gesicht springen wollte. Er konnte ihr ängstliches Zähneklappern klar und deutlich hören. Liz's Atem ging viel zu schnell, die Panik, die seine Worte auslösten, ging ihm selbst durch Mark und Bein.

»Deine Freundin, T, hat nichts ausgeplaudert. Sie ist sehr loyal. Aber du weißt ja, dass ich schon immer gut im Rätselknacken war. Meine Ausschlussverfahren sind legendär. Es hat völlig genügt, dass T einfach nur nichts gesagt hat«, erzählte er im Plauderton, beging aber nicht den Fehler, sie aus dem Auge zu lassen. Sie kam ihm vor wie ein verletztes Tier, und die waren bekanntlich genau dann besonders gefährlich.

»Die Arschlöcher waren zu zweit, habe ich angenommen. Und sie haben dich nicht ... du weißt schon?«

Ihr Gesicht war nun völlig verschlossen, lediglich der beständige Strom an Tränen, der ungehindert über ihre Wangen rann, und die zu Fäusten geballten Hände, ließen erahnen, wie es in Liz aussah. Immerhin schüttelte sie energisch den Kopf.

»Sie hatten das Überraschungsmoment auf ihrer Seite. Du hattest keine Zeit, dich zur Wehr zu setzen, nicht?«

Liz antwortete nicht, schien durch ihn hindurch zu sehen.

»Du konntest nichts dafür, Sugar. Außerdem hatten sie ein Messer. Wenn du mich fragst, war es vielleicht besser, dass du dich nicht wehren konntest! Aber du musst es dir von der Seele reden, sonst gehst du kaputt. Hörst du mich, Cami?«

Es fiel ihm schwer, diese stoische, vor ihren Problemen weglaufende Liz mit dem Mädchen zu vereinbaren, dass er noch immer so sehr liebte, dass es einfach nur höllisch schmerzte, sie so zu sehen.

»Ich würde dir so gerne all diesen Kummer und die Schmerzen abnehmen, Babe. Aber das kann ich nicht. Hör auf, wegzulaufen. Denn, egal, wie weit und wie schnell du rennst, du wirst niemals weit genug oder schnell genug rennen!«

Ihr stummes ‚Nein' ließ ihn die letzte Barriere zwischen ihnen, den Tisch, ohne Rücksicht auf Verluste aus dem Weg schieben. Absichtlich grob hielt er sie an den Armen fest.

»Lass es raus, Cami. Rede mit mir! Wo haben sie dich angefasst? Was haben diese Schweine getan?«

Stuart hasste sich selbst dafür, Liz wehtun zu müssen, aber er wusste instinktiv, dass sie sich erst öffnen würde, wenn sie sich wehrte.

»Los, schlag mich!«

Ohne zu zögern, griff er ihr grob an die Brust und freute sich über den Kinnhaken, den er dafür verpasst bekam.

»Das war lächerlich! Komm schon, Cami, das kannst du besser. Selbst Marisol hat es geschafft, mir ein Veilchen zu verpassen!«, stachelte er sie an.

Und endlich fing Liz weinend an, sich zu verteidigen. Er ließ es ohne Gegenwehr zu. Ihm war unwichtig dass er einige Blutergüsse davon tragen würde. Jeden schmerzhaften Treffer bejubelte er stumm. Alle Kratzer, die ihre Nägel auf seiner Haut hinterließen, würde er mit Stolz tragen. Lediglich den Tritt ins Gemächt wehrte er ab.

Während sein Babe ihn als Punchingball missbrauchte, brach, schluchzend und stammelnd, jedes noch so kleine Detail des fürchterlichen Abends aus ihr heraus, bis hin zur verlorenen Verhandlung und dem zerschmetterten Fenster in ihrer Wohnung in Hamburg.

Als sie am Ende, um ihre Schutzmauern trauernd, in seinen Armen lag und er um ihre größte Angst wusste, wünschte Stuart sich nichts sehnlicher, als ihren Ex-Lover in die Hände zu bekommen!

Liz kam sich vor, als hätte sie einen schweren Kampf ausgetragen. Jeder Millimeter ihres Körpers schmerzte. Innerlich wie äußerlich. Stuart war es gelungen, sie bis an ihre Grenzen und darüber hinaus zu führen. Sie lag noch immer in seinen Armen, und zum ersten Mal seit dem Überfall fühlte sie sich geborgen und in Sicherheit. Beide waren sie völlig verschwitzt, die Haare zerzaust. Stuarts Hemd war zerrissen. Seine Haut wies etliche tiefe Kratzer auf und dort, wo sie ihn im Gesicht getroffen hatte, zeigte sich bereits eine leichte Schwellung. Sanft strichen ihre Finger darüber, bevor ihre Lippen eine zärtliche Spur aus Küssen über das, was mit Sicherheit ein Veilchen werden würde, legten.

»Das muss gekühlt werden, ich hole Eis!«, flüsterte sie.

»Nae. Bleib einfach in meinem Arm und wiederhole das, was du gerade gemacht hast!«, erwiderte Stuart, die Hände fordernd um ihre Hüften gelegt.

»Jetzt sei nicht albern, Stu. Ich hab dich schrecklich zugerichtet.«

Trotz seiner Proteste, und einem unangenehm ziehenden Knie, machte sie sich von ihm los. Zielsicher fand sie die Tiefkühltruhe der Küche, jedoch kein Eis.

»Dann muss es eben ein Päckchen gefrorene Erbsen tun«, murmelte sie.

Am Türrahmen des Ganges blieb sie stehen, lehnte sich schwer dagegen. Stuart hatte sein, schwer in Mitleidenschaft gezogenes, Hemd ausgezogen. Das Haar lag lose über den breiten Schultern des nackten Oberkörpers. Er hatte ihnen einen mehr als großzügigen Dram Whisky eingeschenkt, starrte versonnen grinsend in sein Glas. Wie konnte er so gut gelaunt aussehen, nachdem er Prügel einstecken hatte müssen?

»Es tut mir so leid, Stuart!«, bekannte sie bei seinem Anblick reumütig.

Seine Augen suchten die ihren. So dunkel, so schalkhaft. »Mir tut es kein bisschen Leid, Cami. Du weißt doch: wer bei einer Wildkatze liegt ...«, sagte er, die Hand fordernd nach ihr ausgestreckt.

Unbewusst machte sich ihr Körper selbstständig. Innerhalb eines Wimpernschlags fand sie sich bereits zwischen seinen gespreizten Beinen stehend wieder. Ihr Herz begann so sehr zu rasen, dass sie Sorge hatte, er würde es hören. Aufreizend langsam glitten seine Hände ihren Rücken hinab, bis sie auf ihrer Kehrseite liegen blieben und sie näher zu ihm zogen. Auf ihr Einverständnis wartend, sah Stuart sie an.

Noch konnte sie es hier und jetzt stoppen. Nur, wollte sie das überhaupt noch? War es nicht eigentlich so, dass sie nie aufgehört hatte, Stuart zu lieben? Von selbst lehnte sie sich noch fester an ihn. Ihre Finger folgten liebkosend den markanten Konturen seines Gesichts, ohne aufzuhören, ihm in seine wundervollen Augen zu blicken, sich in ihnen zu verlieren. Der erste Kuss war leicht, wie der Hauch des Windes und dem getragenen ‚Caledonia' von Dougie MacLean, das im Hintergrund erklang. Stuart stand auf und hob sie mit in die Höhe, so dass sie, getragen durch seine Hände unter ihrem Po, mit hinter seiner Hüfte verschränkten Beinen da saß. Wiegend bewegte er sich zur Musik, vergrub das Gesicht schwer atmend in ihren Haaren.

»Ich bin zwar ein lausiger Tänzer, aber für dich werde ich das Tanzen gerne übernehmen«, wisperte er rau an ihrem Ohr.

Die folgenden Küsse wurden immer stürmischer, voll von Sehnsucht und Verlangen, bis sie, ohne Rücksicht oder Kompromisse, zu einem Tornado wuchsen, der sie beide, trunken vor Lust, mit sich riss. Liz's Korsage war das erste Kleidungsstück, das fiel. Stuarts Kilt folgte, und ließ dank fehlender Unterwäsche unschwer erkennen, wohin ihr gegenseitiges Verlangen führen würde. Sie schafften es, passenderweise, nicht weiter, als bis ins Spielezimmer. Dort angekommen, zierte kein einziger Faden mehr ihre erhitzten Leiber. Leidenschaftlich über einander herfallend, verschwendeten sie keinen Gedanken daran, ob der alte Billardtisch Stuarts Stößen gewachsen war, oder ihrer beider Gewicht trug.

»Izzy. Izzy!« Das fröhliche Kindergeschrei, gefolgt von einer Tür, die laut gegen die Wand knallte, ließ Liz unsanft aus dem Schlaf schrecken. War es tatsächlich schon Morgen? Liz war, dank des wenigen Schlafs der Nacht zuvor, nicht wirklich reaktionsschnell. Lucy war bereits freudestrahlend zu ihr ins Bett gesprungen, wo Brutus sie, enthusiastisch grunzend, in Empfang nahm. Neben ihr regte sich Stuart verschlafen.

»Was'n los?«, brummte er, betrachtete sie aus einem verschwollenen und einem normalen Auge argwöhnisch. Zu einer Antwort kam Liz bereits nicht mehr, da plötzlich Mrs. T im Zimmer stand und sie augenzwinkernd betrachtete.

»Könnt ihr beiden Turteltäubchen nicht vielleicht die Tür abschließen? Nicht genug, dass ich meiner Tochter keine plausible Erklärung dafür liefern konnte, dass ein pinkfarbener Slip mit Glitzerfäden nicht als Kopfbedeckung taugt, ich möchte ihr nicht auch noch von Bienchen und Blümchen erzählen müssen. Haben wir uns verstanden?«

Überrumpelt, wie sie beide waren, gelang es ihnen nur, zur Standpredigt von Mrs. T zu nicken.

»Mich würde ja brennend interessieren, was ihr den Gästen oder William erzählt hättet, wenn nicht ich den Slip aus einem der Löcher des Billardtisches geangelt hätte!«

Ungeduldig zog sie Lucy aus dem Bett und rauschte zur Tür hinaus.

»Somit muss ich wenigstens nicht mehr das Fenster nehmen, Sugar.«, sagte Stuart und gab ihr einen ausgiebigen Guten-Morgen-Kuss.

Ihre neu entflammte Liebe ließ sich auch schlecht verleugnen, da sie alle beide einen immerwährend verliebten Gesichtsausdruck zur Schau trugen. Stuarts Veilchen hatten sie mit einer erfundenen Prügelei abgetan, die keiner hinterfragte.

Nahtlos machten sie dort weiter, wo sie vor ihrer langen Auszeit aufgehört hatten. Gemeinsam richteten sie den Garten des Pubs wieder her und kauften Fritzchen dem Koi eine Partnerin, wenngleich diese, im Vergleich zu dem Zuchtkoi mit Stammbaum, ein Schnäppchen gewesen war. Wenn sie nicht im Pub arbeitete und Stuart nicht seinem normalen Job nach ging, unternahmen sie Ausflüge auf seiner alten Motocrossmaschine oder gingen, wie in guten alten Zeiten, Tontauben und Blechbüchsen schießen mit Stuarts Kumpels. Selbst der Pub fing langsam aber stetig wieder an zu florieren, was der Kaffeetisch, den Liz ins Leben gerufen hatte, zusätzlich forcierte.

Inzwischen kam Philipp regelmäßig jeden Tag und belieferte sie mit frischem Gebäck aus der Bäckerei Munro. Stuart und sie waren, eher zufällig, Zeugen der Flirt-Offensive des jungen Mannes bei Fatma geworden. Flipp hatte der jungen Türkin gezeigt, wie man Knotengebäck schlingen musste. Wobei beide sich auffällig oft berührten. Da Fatma, dank des Jungen, jedoch immer mehr aus sich herauskam, waren sie sehr darauf bedacht, dass kein Anderer das Glück der beiden störte.

Tag für Tag kamen mehr Touristen nach Grantown on Spey, in freudiger Erwartung der Highland Games. Die Renovierung der drei Gästezimmer war, nach viel Arbeit, bei der jeder von ihnen hatte mit anpacken müssen, rechtzeitig gelungen, so dass sie alle Zimmer vermieten konnten.

Selbst das Gespräch mit der hiesigen Bank, welches Liz, der Hypothek wegen, gezwungen war zu führen, war positiv verlaufen.

Liz fing langsam wieder an, Gefallen an ihrem Leben zu finden. Selbst Stuarts Pläne, was das Heiraten und eine eigene Familie anbelangten, erschienen ihr immer weniger beängstigend. Mit jedem Tag, der verging, wurde ihre Zuversicht auf ein Leben, wie sie es erträumt hatte, größer. Was ihr, ohne das Tanzen, nie erstrebenswert vorgekommen war. Und doch war alles vergessen, und die Zeit schien still zu stehen, wenn sie in Stuarts Armen schwebte.

Ein Hauch von Rauch

In Grantown on Spey herrschte der reinste Ausnahmezustand. Einerseits war dies für Hannos Vorhaben eine mehr als günstige Fügung. Andererseits verabscheute er dieses Menschengedränge. Touristen aus allen Ländern waren gekommen, um den Highland Games beizuwohnen. Er würde niemals verstehen, was an Röckchen tragenden Männern so toll war.

Am Abend zuvor war er angekommen und hatte in einem Bed & Breakfast eingecheckt, direkt schräg gegenüber von ‚ThePub'. Grantown on Spey war nicht groß, und so hatte er nicht lange suchen müssen. Nur dadurch, dass genügend Geld geflossen war, hatte er das Zimmer bekommen. Missmutig schnalzte er mit der Zunge beim Anblick der Spiderman-Tapete, welche die Wand des ehemaligen Jugendzimmers zierte. Zum Glück für ihn, weilte der Sohn der Familie in einem Feriencamp.

Bereits seit seiner Ankunft observierte er den Pub und seine Bewohner, führte akribisch Buch über ihr Kommen und Gehen. Hanno hatte Elizabeth sofort wieder erkannt, obwohl eine komplette Veränderung mit der Frau, die er gekannt hatte, vorgegangen war. Selbst ihre Ausstrahlung wirkte fremd. Auf dem Bett lag ein Heftordner mit allem, was er über sie und den Mann an ihrer Seite hatte in Erfahrung bringen können.

Mehrere Mal war er den beiden händchenhaltenden Turteltäubchen gefolgt, die Pistole in der Manteltasche bereits in der Hand. In einem kleinen Lokal, vor dessen Eingang ein kitschiger Pinguin stand, und den ein Schild als ‚Wee Puffin' kennzeichnete, war er Zeuge ihres gemeinsamen Candlelight Dinners geworden. Der Kerl, mit dem Zopf eines Weibs, hatte seine Eliza immer wieder von seinem Essen kosten lassen, so, als wäre sie ein verfluchtes Kleinkind. Scheiße. Die beiden hatten sichtlich Spaß miteinander gehabt, waren so vertraut. Wie sie ihn angesehen hatte, und er sie. Ihm war schwindelig vor Zorn geworden. Nie hatte sie ihm solche Augen gemacht. Wahrscheinlich fickten sie jede freie Minute, wie die Karnickel. Wie gerne hätte er sie einfach an Ort und Stelle abgeknallt, wie eine läufige Hündin. Es wäre so verdammt einfach gewesen.

Aber Hanno hatte seine Gefühle unter Kontrolle. Ein Weib, egal wie anziehend, würde ihn nie seine Berufung vergessen machen. Mit ihm spielte man nicht. Er würde sie bestrafen und ‚einfach' war nicht das, was ihm für dieses kleine Flittchen vorschwebte. Elizabeth Camille Conner sollte um ihr Leben flehen, während er ihr mit seinem Springmesser zu Leibe rückte. So glimpflich, wie bei seinen angeheuerten Schlägern, würde sie ihm nicht mehr davon kommen. Ein Hanno Ricardo Cortez-Schmidt ließ sich keine Hörner aufsetzen.

Was er mit ihrem Lover anstellen wollte, wusste er noch nicht. Vielleicht würde er ihn vor ihren Augen ermorden, oder er ließ ihn zusehen, wie er es Elizabeth besorgte und brachte dann sie als erstes um. Sterben würden dieses Wochenende auf alle Fälle beide.

Zurück in seinem Zimmer, war ihm durch die Linse des Fernrohrs einiges ins Auge gesprungen, was er nicht hätte wissen oder sehen wollen. Allein ihr splitterfasernackter Lover in ihrem Zimmerfenster, der ihn mit der Jalousie aus dem Geschehen ausschloss, als wisse er von seiner Anwesenheit, genügte, um ihn erneut in Rage zu versetzen.

Nervös spielte er mit dem Messer, ließ es immer wieder aufspringen. Fein säuberlich breitete er seine Utensilien auf dem zuvor leergeräumten Nachttisch aus. Voller Vorfreude strich er über den Perlmuttgriff des scharfen Springmessers, beobachtete die feinen blauen Lichtblitze, die beim Betätigen des Tasers entstanden, und wog die Pistole, eine Beretta M9, in seiner Hand.

Auflauern und, wenn es die Situation erlaubte, gnadenlos zuschlagen. Das war seine Masche, und die funktionierte bisher tadellos. Die Feinde, die ihn der Korruption, oder der Partnerschaft mit der Mafia, hätten überführen können, waren längst eliminiert. Lautlos, effizient, ohne Kompromisse. Nicht umsonst stieg er auf der Erfolgsleiter immer höher. Fluchend schob er einen neuen Kaugummi in den Mund, um die Erregung und das Adrenalin in seinem Körper in Schach zu halten. Geduldig wie ein Krokodil legte er sich auf die Lauer.

Liz erwachte am frühen Samstagmorgen wie gerädert. Stuarts Nähe zum Trotz, war die Nacht voller Schreckgespenster gewesen. Ein Albtraum hatte den nächsten gejagt. Ausgerechnet, wo sie am heutigen Abend ein mehr als volles Haus erwarteten. Die Zimmer waren alle belegt. Die meisten der Tische bereits reserviert. Sie hatten sogar die Behelfstische aufgestellt, was nun aber das Bedienen aus Platzgründen etwas kniffeliger machte.

Außer ihr und Stuart hatte Alan den befreundeten Künstler Basil Wolfrhine, mit seiner Tochter Tina und Jenny, für einen Auftritt ihrer neuesten CD gewinnen können.

Den Vormittag verbrachte die Pubcrew aber geschlossen auf den Highlandgames, um Stuart und seine Freunde beim

Tauziehen anzufeuern. Wie bereits seit eh und je, war auf den Highlandgames die Hölle los. Dicht an dicht standen Touristen und Einheimische, um die beste Sicht auf das Geschehen zu erhaschen. Da die Sonne sie mit ihrer Anwesenheit verwöhnte, waren sogar noch mehr Schaulustige da, als an Schlechtwetter-Tagen.

»Ich glaube, ich verzichte morgen auf das Gedöns mit den Baumstämmen«, erklärte ihr T gerade genervt, nachdem ein erneuter Klecks Eiscreme, samt Mini-Marshmallow-Topping, ihre Jacke verzierte.

Sie konnte ihre Freundin gut verstehen, es war ziemlich beengt, und obwohl sie, wie alle anderen Einheimischen, mit ihren Klappstühlen direkt an der Front waren, drängten sich besonders unverschämte Menschen vor sie hin.

»Seh nix ... Seh nix ...«, heulte Lucy auf, im Begriff, ihr Eis zornig in die Zuschauermenge zu werfen. Belustigt sah Liz William zu, der Lucy das Eis aus der Hand nahm und sie, bevor sie einen Tobsuchtsanfall bekommen konnte, auf seiner Schulter platzierte. Liz traute kaum ihren Augen, als er dann, wie selbstverständlich, das Eis zurecht lutschte, bevor er es Lucy vorsichtig zurückgab.

»Was war denn das? Hab ich etwas verpasst?«, wandte sie sich T zu, die kommentarlos ein Feuchttuch aus ihrer Tasche zog, das sie zuerst bei Lucy anwendete, um dann, völlig beiläufig, damit über Williams Mundwinkel zu reiben.

»Wie meinst du das?«

Liz schenkte ihrer Freundin ein verständiges Lächeln. »Och, nicht wichtig!«, beschwichtigte sie dabei.

Williams Augenausdruck, als T getan hatte, was sie getan hatte, war Liz bereits Antwort genug. Scheinbar hielt im Hause Conner gerade die Liebe Einzug und das, wo noch nicht einmal Frühling war.

»Lizzy, du bist heute irgendwie seltsam. War irgendetwas?«, hakte T, die Hände in die Hüften gestemmt, argwöhnisch nach.

Einen Moment lang war sie versucht, ihrer Freundin von den Albträumen und dem Gefühl, beobachtet zu werden, zu erzählen. Doch sie verwarf den Gedanken genauso schnell, wie er gekommen war. Es war so ein zauberhafter Vormittag, den sie nicht mit ihrer Paranoia ruinieren wollte. Stattdessen nahm sie Fatma und Flipp, die einträchtig in ein Gespräch vertieft waren, beide Hunde ab. Zufrieden mit sich und der Welt, schlenderte sie zu einem Stand für selbst gebackene Hundekekse. Dort ließ sie Brutus und Tinkerbell sämtliche Geschmacksrichtungen der Kekse testen, wobei beide Hunde, zur Freude einiger Kinder, dabei fleißig Pfötchen gaben, Platz machten, sich im Kreis drehten und nach einem Schuss aus Liz's zur Pistole geformten Fingern, totspielend umfielen. Sie kam dann gerade noch rechtzeitig an ihren Platz zurück, um Stuart, samt Alan und Murphy den Koch und den anderen Jungs, tatkräftig anzufeuern.

Hannos Geduld wurde wirklich auf eine harte Probe gestellt. Nicht genug, dass das gute Wetter weitere Heerscharen an Touristen angezogen hatte. Nein. Elizabeth rührte sich kein bisschen von diesem Tumult weg. Mehrmals war er gerade noch so einer Enttarnung entkommen, indem er die tarnende Basecap weit ins Gesicht gezogen hatte und in einen der Fressstände ausgewichen war. Die sommerliche Brise wehte ihm ihr Lachen entgegen, das er unter hunderten erkannt hätte.

Innerlich bebend vor Wut, kippte er den Whisky auf Ex hinab. Scheußliches Zeug! Kaum geleert, zerbrach das Glas in seinen Fingern. So viel zur Selbstkontrolle! Wenn er nicht aufpasste, würde er noch mehr dumme Fehler machen.

Wenigstens machte sie es ihm leicht. Ihr fröhliches, buntes Spaghetti-Trägerkleid und die roten Ballerinas leuchteten ebenso aus der Menge heraus, wie ihr wippender Pferdeschwanz und die Lippen, die sie feuerrot geschminkt hatte. Durch ihr Handicap mit dem kaputten Knie, erwartete er auch nicht wirklich große Gegenwehr. Es war anzunehmen, dass sie einfach zur Salzsäule erstarren würde. Fast konnte er bildlich vor sich sehen, wie er sich an ihrer Verzweiflung weiden würde. Schade, dass er sie nicht schreien lassen konnte, wenn er es ihr ein letztes Mal besorgen würde. Blöderweise würde er auch um ein Kondom und Handschuhe nicht herum kommen. Nicht, dass die hiesige Polizei seine DNS fand.

Endlich konnte er beobachten, wie sie sich verabschiedete. Ganz zu seiner Freude, lief sie alleine in Richtung des Pubs davon. Er gewährte ihr einen großzügigen Vorsprung, schließlich wusste er ja, wo sie hin wollte. Außerdem trieb das seine Vorfreude weiter in die Höhe. Ihr auf den Fersen, fiel ihm ein großer Schotte ins Auge, der sich bei den abgelegenen Büschen erleichterte. Das Schicksal war ihm heute wohl tatsächlich gut gesinnt. Die Statur stimmte ungefähr mit der ihres Lovers überein und bestärkte ihn in seinem Vorhaben.

Nachdem er sich sicher war, unbeobachtet zu sein, trat er unbemerkt näher und testete den Taser.

Liz genoss die Ruhe im Pub. In traumwandlerischer Routine schaltete sie Radio und Kaffeevollautomat ein und ließ sich eine Latte Macchiato heraus, die sie zum Abkühlen auf dem Tresen stehen ließ. Fröhlich vor sich hin summend, begab sie sich in ihr Zimmer, wo sie das Fenster weit öffnete, um den frischen, herrlich fruchtigen Duft der Rosen ins Zimmer zu lassen. Liebevoll legte sie Stuarts Kilt, Hemd, Strümpfe, sowie Tropfenfänger auf dem Bett parat, damit er sich, wenn er gleich von den Highland Games kam, duschen und für den Abend richten konnte.

Sie hatte eben ihre eigene Kleidung heraus gelegt, als sie, alarmiert von den knarrenden Dielen im Erdgeschoss, unterbrochen wurde. Im Eilverfahren warf Liz zwei Handtücher ins Bad. Da Stuart so zeitig dran war, würde vielleicht sogar noch eine gemeinsame Dusche, oder noch mehr, herausspringen. Begeistert eilte sie nach unten in den Pub.

»Stu?«

Seltsam. Sie hätte schwören können, dass sie jemanden gehört hatte, doch der Pub war augenscheinlich leer. Enttäuscht widmete sie sich ihrer Latte Macchiato, nahm einen Schluck. Noch bevor sie das Knarren des Bodens erneut vernahm, schrillten die Alarmglocken ihres siebten Sinns in den höchsten Tönen.

Vermutlich hätte Hanno sie von hinten überwältigt, doch so drehte sie sich gerade rechtzeitig um. Trotzdem konnte sie nicht verhindern, dass ihr das Glas aus der Hand rutschte und auf dem Boden in etliche kleine Scherben zerbrach.

»Na das nenne ich aber eine Begrüßung, Eliza Baby. Hast du mich nicht vermisst?«

Hanno's Stimme klang freundlich, doch das teuflische Grinsen in seinem Gesicht sagte etwas anderes aus. Seltsamerweise war es Liz, als würde sie alles von außerhalb ihres Körpers wahrnehmen. Obwohl Angst und nackte Panik durch ihren Körper pulsierten, sah sie alles überdeutlich und so scharf, dass es fast schmerzte.

»Ich will, dass du gehst, und zwar sofort. Sonst werde ich die Polizei rufen!«, entgegnete sie kalt.

Dabei wagte sie nicht, Hanno aus den Augen zu lassen. Legerer, als ihr zumute war, lehnte Liz sich gegen den Tresen, um mit der Hand nach irgendetwas Waffentauglichem zu tasten.

»So, tust du das, Liebling? Leider wird daraus aber nichts. Stattdessen werden wir beide uns ein bisschen amüsieren, während wir auf deinen Röckchen tragenden Schotten warten.«

»Ganz sicher nicht. Wir beide sind nämlich fertig miteinander. Jetzt verschwinde!«

Es gab ihn tatsächlich, diesen Bruchteil von Sekunden, in dem man wusste, was geschehen würde, und es trotzdem nicht ändern konnte. Liz fühlte sich, als wäre sie in einem Zeitvakuum gefangen. Obwohl sie zeitgleich mit Hanno reagierte, um an den Alarmknopf, der für Notfälle am Ende des Tresens angebracht war, zu kommen, erwischte er sie frontal. Eins musste sie ihm dabei lassen, er bewegte sich geschmeidig, wie eine Raubkatze. Ein einziger Satz genügte, um ihn über den Tresen zu befördern. Millimeter entfernt vom rettenden Knopf, ging sie, unter ihm begraben, zu Boden. Leicht benommen, trat sie um sich, biss und kratzte ihn, bis sie endlich ihre Hand frei bekam, um ihm den Kugelschreiber, das Einzige, was sie, blind tastend, auf die Schnelle hatte erwischen können, senkrecht, mit voller Wucht, in die Handfläche zu stechen. Hanno jaulte schmerzvoll auf, schlug sie mit der anderen Hand mehrfach ins Gesicht. Der metallene Geschmack von Blut füllte ihren Mund. Ihr Ohr surrte wie ein kompletter Bienenstock.

»Du blöde Schlampe machst alles nur noch schlimmer für dich!«, knurrte Hanno zornig.

Er befand sich so dicht an ihrem Gesicht, dass sie seinen Speichel fühlen konnte, der überall auf ihrer Haut landete. Alles in ihr schrie nach Flucht, Panik stieg in ihr empor. *Konzentrier dich, Liz, du musst dich verflucht noch mal konzentrieren!*, redete sie sich stumm Mut zu, zwang ihren Körper, apathisch zu wirken. Ihr einziges Ziel war es, zu überleben.

»O, du wirst mir doch nicht schon schlapp machen wollen, Liebling? Los, wach auf, du elende Schlampe!«

Hinter ihren krampfhaft geschlossenen Lidern registrierte sie seinen stinkenden Atem ebenso, wie seine Hände an ihrer Brust, zwischen ihren Beinen. Es fiel schwer, Teilnahmslosigkeit vorzutäuschen, wo sie am liebsten die Beine fest zusammengepresst und um sich geschlagen hätte. Grob tätschelte er mehrmals ihre Wangen, um sie dann rüde an den Schultern zu packen und zu schütteln. Erst, als sie noch immer Bewusstlosigkeit vorttäuschte, nahm er endlich sein Gewicht ganz von ihrem Körper.

Hannos Fehler war, mit gespreizten Beinen auf den Knien über ihrem Unterkörper zu verharren. Liz wusste, dass sie nur eine einzige Chance hatte. All ihre Wut, all ihre Kraft bündelnd, rammte sie ihm, so fest sie konnte, ihr Knie in den Schritt. Der Schrei, der ertönte, schien ihr nicht menschlich. Sie war sich nicht einmal sicher, ob sie nicht selbst ebenfalls schrie. Hanno kippte zur Seite, riss Flaschen und Gläser in einem Hagel aus zerberstendem Glas mit sich. Kraftlos erwischte er ihr Bein, als sie aufsprang, und sie trat mit der nackten Fußsohle nach ihm. Liz zwang sich, so schnell es ging im Zickzack durch die Tische zu laufen. Im Büro stand die Flinte ihres Vaters, mit der sie vor kurzem erst auf Tontauben geschossen hatte, die galt es zu erreichen.

»Ich bin eine gute Schützin. Ich erschieße ihn. Alles ganz easy. Los Lizzy, du kannst das!«, redete sie leise auf sich selbst ein. Mehrmals zischte etwas mit einem unheimlichen Ton an ihr vorbei, eines davon fraß sich schmerzvoll brennend an ihrer Schulter vorbei. *Kugeln! Dieses Arschloch schießt mit einem Schalldämpfer auf mich!* ‚bemerkte ihr Verstand ironisch. Hanno holte sie im Bücherzimmer ein. Es war das Klicken der Pistole, das sie mitten im Schritt verharren ließ. Wie in Zeitlupe drehte sie sich zu ihm um. Er lehnte, schwer und angestrengt atmend an der Wand, an der deutlich blutige Abdrücke ihrer eigenen Hand zu sehen waren. Komisch, erst jetzt fiel ihr das Blut auf, welches von ihrer Schulter am Arm entlang zu Boden tropfte. Ironischerweise erinnerten sie die Perlen gleichen Blutstropfen an den lecken Wasserhahn in ihrem Zimmer.

»Nur ein hässlicher Streifschuss, Honey. Mir verdirbt es nicht den Spaß. Bei dir wird es etwas anders aussehen.«

Die Waffe auf sie gerichtet, dirigierte er sie zum Sofa.

»Weißt du, Eliza. Man sollte wissen, wann man verloren hat. Gut, ich habe dich falsch eingeschätzt. Du hast es tatsächlich fertiggebracht, mich zu überraschen. So viel Leidenschaft, so viel Überlebenswillen. Schade, dass alles umsonst ist!«, bemerkte er im Plauderton, und stieß sie grob auf das kühle Leder des Sofas hinab.

»Du wirst damit nicht durchkommen. Unter meinen Nägeln ist deine DNA. Dein Projektil steckt irgendwo in der Wand und ...«

Theatralisch gähnte er gegen seine Handfläche.

»Langweilig, Liebling.«, erwiderte er, zog mit schmerzverzerrtem Gesicht etwas aus seiner Jackentasche, das sie nicht erkennen konnte.

»Tut ganz schön weh, was du mit meiner Hand gemacht hast. Ich fürchte, das wird dir noch Leid tun. Schade eigentlich. Aber für einen Blowjob vertraue ich dir jetzt zu wenig«, begann er zu erklären.

Unvermittelt ließ er die Waffe fallen, packte ihr Bein. Eine Welle aus Schmerzen raste durch ihren Körper, beginnend mit der Stelle, an der er den Taser eingesetzt hatte.

»Ich wollte schon immer mal testen, wie sich so ein lahmgelegter Körper vögeln lässt, Eliza Honey!«, flötete seine Stimme ihr böse ins Ohr, während sie in einem Meer aus Schmerzen trudelte, ohne reagieren zu können. Entsetzt musste sie zusehen, wie er einhändig an seinem Hosenschlitz hantierte.

Wieder einmal hatte Stuarts Team im Tauziehen gegen die Mannschaft des örtlichen Fußball-Teams verloren. Er fühlte sich dennoch wie ein Held. Seit Liz zurück war und sie, allen Widersprüchen zum Trotz, zurück zueinander gefunden hatten, fing er endlich wieder an, sein Leben zu genießen. Schmunzelnd umschlossen seine Finger den kleinen Samtbeutel in seiner Hosentasche. Der Ehering seiner Mutter, den er hatte umarbeiten lassen. Ihm war bewusst, dass es viel zu früh für eine Verlobung war, trotzdem hatte er das dringende Bedürfnis, Liz diesen Ring an den Finger zu stecken. Mochte es noch so kindisch sein.

»Cami? Ich bin da. Wo steckst du denn?«, rief er in den Pub, ohne eine Antwort zu erhalten.

Zeitgleich mit den knirschenden Glasscherben unter seinen derben Stiefeln, nahm er den leichten Geruch wahr: Eine Mischung aus Eisen, Hitze und Blut. Stuart war bereits als kleiner Junge mit Alan auf der Jagd gewesen. Er wusste, wie es in einem geschlossenen Raum roch, wenn frisch geschossen wurde. Genauso, wie er wusste, wie Blut roch. Trotzdem weigerte sich sein Verstand, die Schlussfolgerung, die sich daraus ergab, zu akzeptieren. Gewarnt durch einen fremden Schatten in der verspiegelten Rückwand der Bar, hechtete er sich hinter den Tresen.

Über ihm knallten mehrere Kugeln nahezu lautlos an ihm vorbei, um im Getöse von zerspringenden Flaschen und splitterndem Glas in die teuren Whiskyflaschen einzuschlagen. Scherben und Single Malt regneten auf ihn hinab. Der Schütze benutzte einen Schalldämpfer, was ihm genügte, um zu wissen, dass er sich keinem Laien gegenüber sah.

»Lieber Gott, lass Cami leben!«, betete er leise, während er verzweifelt versuchte, einen Ausweg aus dieser Falle, in der er sich befand, zu finden. Es gelang ihm, den Notfallknopf zu drücken. Blieb zu hoffen, dass er noch funktionstüchtig war, und dass sein großer Bruder Brian den Alarm nicht für einen Kurzschluss oder dergleichen hielt. Keine Stunde zuvor hatten sie sich noch kurz über die zunehmende Polizeipräsenz auf den Highlandgames unterhalten.

»Dangead cac, beeil dich, Bruder!«, knurrte er, und zog zischend eine Scherbe aus seinem Bein.

»Was ich mich schon immer frage: Was tragt ihr Schotten denn unter eurem Röckchen? Elizabeth ist nämlich nicht wirklich gesprächig. Vielleicht kannst du mir ja weiterhelfen?«

Stuart wusste auf Anhieb, zu wem diese frotzelnde, nasale Stimme gehören mußte, die zu ihm vordrang.

»Komm doch und sieh nach, Arschloch!«, konterte er kalt.

»Na na na. Wer wird denn gleich so angepisst sein? Komm raus, Stuart. So heißt du doch, schottisches Mädchen? Stuart, putt putt putt. Wenn du raus kommst, mache ich es dir einfach; ein Schuss, und das war es!«, lockte die Stimme höhnisch.

»Warum wirfst du nicht deine Pistole weg, Cortez-Schmidt. Lass es uns wie richtige Männer austragen! Oder bist du ein Weichei?«, schlug Stuart vor.

Das Geräusch von knirschenden Glas sagte ihm, dass er lediglich noch fünf, maximal sechs Schritte Schutz hatte, bevor Liz's Ex-Lover freies Schussfeld auf ihn hatte. Vorsichtig robbte er an das Ende des Tresens. Den Blick gen Boden gerichtet, die Ohren konzentriert auf jedes Geräusch lauschend, erwischte ihn der blutige Fußabdruck, direkt vor seiner Nase, eiskalt. Schuhgröße 35.

»Merde! Lieber Gott, lass mein Mädchen leben«, flehte er leise.

Wie oft hatte Liz ihn wegen seiner Schuhgröße von 46 aufgezogen. »*Himmel, Stu, in deinen Schuhen kann man Babys beerdigen*«, pflegte sie zu sagen.

Mit Schrecken musste er jetzt feststellen, dass Liz's Ex-Lover nicht nur einfach ein Arschloch war, nein. Der Kerl war ein verfluchter Psychopath. Sarkastisch grinsend stellte er fest, dass die zerbrochene Flasche, die er sich als Stichwaffe auserkoren hatte, ausgerechnet die des 18-jährigen Laphroaig war. Das Problem war nur, wie sollte er an den Kerl ran kommen, ohne dabei selbst erschossen zu werden? Da er nicht wusste, was für eine Waffe Cortez-Schmidt benützte, konnte er auch nicht sagen, wie viel Schuss er noch übrig hatte.

Im ersten Augenblick war Liz einfach nur dankbar, dass Hanno, bevor er sie vergewaltigen konnte, unterbrochen worden war. Leider drang dann, durch all die Schmerzen, die ihren Körper bestimmten und durch das schrille Surren in ihrem Ohr, das einfach nicht aufhören wollte, Stuarts Stimme. Verzweifelt versuchte sie, ihm eine Warnung zuzurufen. Doch das Einzige, was ihren Mund verließ, waren krächzende, zusammenhaltslose Töne. Hanno würde Stuart töten. Das, wovor sie sich am allermeisten gefürchtet hatte, war eingetreten. Und sie lag hier, zur Bewegungslosigkeit verdammt. Wie lange hielt die Wirkung eines Tasers an?

Tränen der Verzweiflung rannen ihre Wangen hinab, während bittere Magensäure ihren Hals emporkroch. Wie viele wertvolle Minuten waren bereits vergangen? Hatte Hanno Stuart getroffen? Verblutete er bereits? Die Zähne aufeinander gepresst, schweißnass, gelang es ihr, Millimeter für Millimeter, an den Rand des Sofas zu gelangen. Der Aufprall war so schmerzhaft, dass sie weitere Sekunden verlor, in denen Sterne sich mit Lichtblitzen vor ihren Augen abwechselten. Ihr Kreislauf war so im Keller, dass sie eine unendlich erscheinende Zeit, trotz geöffneter Augen, blindlings am Boden entlang kroch. Sämtliche Sinne waren durch die Streifwunde, die Schläge und letztendlich den Taserangriff so in Mitleidenschaft gezogen worden, dass Liz keinem davon mehr vertrauen konnte.

Das klirrende Glas und Stuarts Stimme befeuerten ihren Willen mit Energie. Endlich kam langsam die Kontrolle über ihren Körper zurück. Unter Schmerzen wankend, hangelte sie sich auf die Beine und an der Wand entlang zum Büro ihrer Tante. Jeden Moment rechnete sie damit, dass Hanno sie ertappte. Als es ihren zitternden Fingern schließlich gelang, die Bürotür zu öffnen, weinte sie vor Erleichterung schluchzend wie ein kleines Kind. Es war alles andere als einfach, die Doppelflinte mit ihren gefühllosen Fingern, die sie noch immer nicht komplett unter Kontrolle hatte, zu laden. Liz war alles andere als zimperlich, genausowenig, wie sie naiv war. Sie war, wie Stuart, damit aufgewachsen, zu jagen oder auf Ziele zu schießen. Es war Liz völlig klar, dass sie, selbst wenn es ihr gelänge, Hanno zu überraschen, vermutlich nur einen einzigen Schuss hatte. Alleine der starke Rückstoß, wenn man die Flinte nicht richtig an die Schulter legen konnte, würde ausreichen, um ihr die Waffe aus den Händen zu befördern. Ganz zu Schweigen davon, dass sie auf keinen Fall treffen würde. Erstens sah sie dafür zu schlecht, und zweitens zitterten ihre Hände wie bei einem Parkinsonkranken. Einen Gedanken an das Nachladen brauchte sie in ihrem Zustand nicht zu verschwenden. Trotzdem musste sie es versuchen. Die Genugtuung, aufzugeben, war das Allerletzte, was sie einem wie Hanno gönnte. Wenn es ihr wenigstens gelang, Stuart zu retten, war sie zufrieden.

Stuart konnte hören, wie seine Deckung Schritt für Schritt schwand. Der verspiegelte Barschrank zeigte bereits die Umrisse seines Gegners. Geräuschlos schob er sich an die Ecke des Tresens. Zuerst konnte er kaum glauben, was ihm seine Augen zeigten. Liz glich einem Trugbild der besonders schlimmen Sorte. Für Cortez-Schmidt unsichtbar, lehnte sie mit dem Rücken an der Wand des Korridors, der zum Büro führte. Selbst auf die beachtliche Entfernung brach ihm ihr Zustand das Herz. Gut erkennbar, zitterte sie wie Espenlaub im Sturm. Von ihrem hübschen, bunten Blümchenkleid existierten nur noch blutgetränkte Fetzen. Die Augen waren unnatürlich weit aufgerissen, der Blick starr vor Konzentration.

Der Moment, in dem sich ihre Blicke trafen, schien stillzustehen. Ihre Gestik versuchte, ihm ihren Plan zu erklären, den er als zu riskant einstufte. Liz beharrte darauf. Er konnte sehen, dass sie weinte, was ihm wiederum ebenfalls Tränen der Verzweiflung in die Augen trieb. Sein Mädchen war schon immer eine Kämpferin gewesen. Der Plan war ein verfluchtes Himmelfahrtskommando, bei dem es Liz als erste erwischen würde. Stuart musste schnell sein. Es ging nur darum, diesen Kerl zu erwischen, bevor er erneut schießen konnte. Denn treffen würde Liz nicht. Beunruhigt beobachtete er, wie sie, mit schmerzverzerrtem Gesicht, die Flinte anlegte, wobei sie diese nicht, wie notwendig, an der Schulter abstützte.

»Merde, Sugar. Was tust du da? Der Rückstoß wirft dich um«, flüsterte er ungläubig.

Der Lauf der Waffe bewegte sich wie ein Pingpong-Ball unablässig auf und ab. Ihre Hand hob sich mit fünf Fingern in die Luft, zählte runter bis zur Faust.

Der Schuss kam ihm vor, wie ein Kannonenschlag. Cortez-Schmidt zielte auf Liz, die mit verdrehten Augen an der Wand zu Boden glitt. Das war die Sekunde, in der Stuart Anlauf nahm, los rannte und sich zu Boden warf. Schlitternd grätschte er seinem Gegner vor die Beine.

Obwohl der verfluchte Mistkerl verletzt war und aus mehreren Wunden blutete, war er dennoch keineswegs ein leichter Gegner. Trotzdem behielt Stu die Oberhand. Sein ganzer Körper bebte vor Hass. Niemals, in seinem ganzen Leben, hätte er es für möglich gehalten, dass er jemals jemanden töten wollen würde. Erbarmungslos drückten seine Hände zu, verhinderten Cortez-Schmidts Luftzufuhr. Vermutlich hätte er Liz's Ex-Lover tatsächlich erwürgt, wenn nicht jäh sein Bruder neben ihm aufgetaucht wäre.

Brian und sein Kollege legten Hanno Handschellen an. Doch das war für Stu bereits zweitrangig.

»Liz braucht einen Krankenwagen!«, stöhnte er und kam ungelenk auf die Beine.

Ohne Rücksicht auf irgendetwas, schwankte er zu der Stelle, an der sein Mädchen bewusstlos auf dem Boden lag. Neben ihr angekommen, sank er vorsichtig neben sie und zog sie sanft in seine Arme. Dankbar schloss er die Lider, als Zeige- und Mittelfinger ihren regelmäßig schlagenden Puls fanden. Es juckte ihn nicht, dass ihm die Tränen ungehindert übers Gesicht rannen. Ihm war völlig egal, dass die Geräusche um ihn herum zunahmen.

Die Rettungskräfte luden sie beide gemeinsam in den Krankenwagen, da er sich weigerte, Liz loszulassen. Nachdem man Liz untersucht hatte und sie für einen kurzen Augenblick aufwachte, war das erste, was er sie fragte: »Willst du mich heiraten?«

»Ferguson, spinnst du? Ich wurde angeschossen, habe Schmerzmittel intus, die einen Ochsen umhauen würden, und du fragst mich allen Ernstes, ob ich dich heiraten möchte?«

»Aye. Ich dachte mir, jetzt wo du quasi nicht ganz zurechnungsfähig bist, mo cridhe, hätte ich größere Chancen, dich dazu zu bringen! So unter Drogeneinfluss ...«

»Ha Ha ... O Gott tut das weh ... wie kannst du mich jetzt zum Lachen bringen ....«

»Und?«

»Ich muss aber nicht jetzt sofort, also vom Krankenbett aus?«

»Wenn du nicht wieder davonläufst, würde mir einstweilen ein ‚Ja' genügen!«

Liz's ‚Ja' war das Schönste, was er seit Langem gehört hatte.

»Daingead cac. Hier sieht es aus, wie nach einem Terroranschlag,« schimpfte William und fegte Glas und Schutt zusammen.

»Trotzdem bin ich froh, dass Liz und Stuart nicht ernsthaft verletzt sind«, hielt Mrs. T ruhig dagegen.

»Aye. Natürlich gebe ich dir recht. Dummerweise haben wir jetzt allerdings ein ziemliches Problem mit der Versicherung!«

»Was für ein Problem, William? Sag jetzt nicht, ihr wart nicht versichert?«

»Ja. Nein. Schon. Also, das lässt sich so leicht nicht erklären ...«

Fortsetzung folgt im nächsten Band/ Sommer 2017

The Pub
3 Frauen, Kleinkind, Koi und Mops
...3 Cocktails für Mrs. T

MÓRAN TAING

Vielen Dank!
Liebe Leserinnen und Leser,
ohne Euch könnte ich nicht das tun,
was ich am liebsten tue; Schreiben!
Dafür möchte ich Euch von ganzem Herzen danken!
Denn damit es noch viele Bücher von mir geben kann, brauche ich Eure Hilfe.
Empfehlt meine Bücher weiter, schreibt mir eine Rezension, wo auch immer Ihr möchtet.
Gerne freue ich mich auf Euer Feedback über meine Seite auf Facebook, Twitter oder per E-Mail (info@piaguttenson.de)

Neuigkeiten, Termine zu Lesungen & Wissenswertes über Schottland findet ihr auf: www.piaguttenson.de, oder auf www.piaguttenson.blogspot.de, meinem **Schottland Blog.**

Tapadh leat!

Danke möchte ich auch Basil Wolfrhine sagen, für ein wundervolles Cover und die viele kostbare Zeit, die er in meine Bücher und die geniale Werbung dafür investiert.

Simone, danke für deinen guten Rat, für's gut zureden und so manchen rettende Hilfe.

Fritz, willkommen im Team. Danke dass du mir meine fiesen Wortverdreher, meine fehlenden Satzzeichen und Absätze korrigierst!

Corinna, danke für offene Ohren, Gälisch, Ideen und großes Herz.

Und Danke an meine Schwaben-Schaben-Sassenachs für meinen Klappentext und so manche Hilfe.

Und natürlich wie immer, ein ganz DICKES Danke an meine Familie, die, wie bei jedem Buch, etwas zu kurz kommt und trotzdem hinter mir steht.

Ich LIEBE Euch!
Pia Guttenson

Glossar

Schottisch Gälisch/ Deutsch

Dearg Amadain / Vollidiot
A Dhia / O Gott
Cac / Scheiße
Daingead / Verdammt
A' gearmailteach / Die Deutsche
Òinsich / Blöde Ziege
Pog mo thon! / Leck mich am Arsch!
O mo chreach! / Um Gottes Willen! / Wörtlich: O mein Ruin
Lass bzw. Lassie / Mädchen/ mehrere Mädchen
Lad bzw. Laddie / Junge/ mehrere Jungen
Bonnie / Schön
M'eudail / Schätzchen
Mo cridhe / mein Herz
Athair / Vater
Mac / Sohn
Mathair / Mutter

DAS STEINERNE TOR

... und das Abenteuer geht weiter!

Das Steinerne Tor
Band I - Die Rückkehr

Das Steinerne Tor
Band II - Hoffnung

Das Steinerne Tor
Band III - Ein neuer Anfang

Lest jetzt die neu überarbeitete und mit zahlreichen Zeichnungen illustrierte Version dieses atemberaubenden Fantasy-Romans.

Alle drei Bände sind direkt auf der offiziellen Website der Autorin und bei Amazon erhältlich!

Mehr Informationen unter: www.piaguttenson.de

www.schottenradio.de

Matching to the novel ...

... Celtic Music from A to Z!

CELTIC MUSIC on air
SCHOTTEN Radio.de
... geHÖRT zu mir!
www.schottenradio.de